Tucholsky   Wagner   Zola   Scott   Schlegel
                                     Fonatne Sydow   Freud
        Turgenev   Wallace
    Twain   Walther von der Vogelweide   Fouqué   Friedrich II. von Preußen
                    Weber   Freiligrath   Frey
                              Kant   Ernst
Fechner   Fichte Weiße Rose   von Fallersleben   Richthofen   Frommel
                              Hölderlin
        Engels   Fielding   Eichendorff   Tacitus   Dumas
Fehrs   Faber   Flaubert   Eliasberg   Ebner Eschenbach
        Maximilian I. von Habsburg   Fock   Zweig
Feuerbach   Ewald   Eliot   Vergil
    Goethe   Elisabeth von Österreich   London
Mendelssohn Balzac   Shakespeare   Dostojewski   Ganghofer
                Lichtenberg   Rathenau   Doyle   Gjellerup
      Trackl   Stevenson   Hambruch
Mommsen   Thoma   Tolstoi   Lenz   Hanrieder   Droste-Hülshoff
Dach   Verne   von Arnim   Hägele   Hauff   Humboldt
       Reuter   Rousseau   Hagen   Hauptmann   Gautier
    Karrillon   Garschin
        Damaschke   Defoe   Hebbel   Baudelaire
                    Descartes   Hegel   Kussmaul   Herder
Wolfram von Eschenbach   Dickens   Schopenhauer   Rilke   George
    Bronner   Darwin   Melville   Grimm Jerome   Bebel   Proust
        Campe   Horváth   Aristoteles
Bismarck   Vigny   Barlach   Voltaire   Federer   Herodot
              Gengenbach   Heine
Storm   Casanova   Tersteegen   Grillparzer   Georgy
        Chamberlain   Lessing   Langbein   Gilm   Gryphius
Brentano   Lafontaine
Strachwitz   Claudius   Schiller   Schilling Kralik   Iffland Sokrates
     Katharina II. von Rußland   Bellamy   Tschechow
                         Gerstäcker   Raabe   Gibbon
Löns   Hesse   Hoffmann   Gogol   Wilde   Gleim   Vulpius
Luther Heym   Hofmannsthal   Klee Hölty   Morgenstern
    Roth   Heyse   Klopstock   Kleist   Goedicke
Luxemburg   Puschkin   Homer   Mörike
   Machiavelli   La Roche   Horaz   Musil
Navarra Aurel   Musset   Kierkegaard   Kraft   Kraus
Nestroy Marie de France   Lamprecht Kind   Kirchhoff Hugo   Moltke
               Laotse   Ipsen   Liebknecht
   Nietzsche   Nansen
           Marx   Lassalle   Gorki   Klett   Leibniz   Ringelnatz
von Ossietzky   May   vom Stein   Lawrence   Irving
Petalozzi
   Platon   Pückler   Knigge
Sachs   Poe   Michelangelo   Kock   Kafka
   de Sade Praetorius   Mistral   Zetkin   Liebermann   Korolenko

Der Verlag tredition aus Hamburg veröffentlicht in der Reihe **TREDITION CLASSICS** Werke aus mehr als zwei Jahrtausenden. Diese waren zu einem Großteil vergriffen oder nur noch antiquarisch erhältlich.

Symbolfigur für **TREDITION CLASSICS** ist Johannes Gutenberg (1400 — 1468), der Erfinder des Buchdrucks mit Metalllettern und der Druckerpresse.

Mit der Buchreihe **TREDITION CLASSICS** verfolgt tredition das Ziel, tausende Klassiker der Weltliteratur verschiedener Sprachen wieder als gedruckte Bücher aufzulegen – und das weltweit!

Die Buchreihe dient zur Bewahrung der Literatur und Förderung der Kultur. Sie trägt so dazu bei, dass viele tausend Werke nicht in Vergessenheit geraten.

Fortunat

Dramatisches Märchen in fünf Acten.

Eduard Bauernfeld

Impressum

Autor: Eduard Bauernfeld
Umschlagkonzept: toepferschumann, Berlin

Verlag: tredition GmbH, Hamburg
ISBN: 978-3-8424-8842-7
Printed in Germany

Text der Originalausgabe

Bauernfeld.

Fortunat.

Dramatisches Märchen in fünf Acten.

(Zum ersten Male dargestellt auf dem Josefstädter-Theater am 24. März 1835.)

Wien, 1871.
Wilhelm Braumüller
k. k. Hof- und Universitätsbuchhändler.

Inhalt

Personen.

Ritter Hugo.
Beata.
Fortunat.
Pancratio.
Rosamunde.
Calandrino.
Theodor.
Der Graf von Flandern.
Der Herzog von Burgund.
Prinzessin Agrippina.
Ritter Colbert.
Vasco.
Robert.
David.
Bertha.
Ein Schiffer.
Haushofmeister.
Fortuna.
Fortunats Gefährten. Schiffer. Ritter und Damen.
Soldaten. Diener. Volk.

Schauplatz. Im ersten Act in Famagusta, der Hauptstadt auf Cypern; in den übrigen Acten in Arles, in Burgund und in der Umgegend; zum Schluß wieder in Famagusta.

Prolog.

(Nach einer feierlichen Eingangsmusik zeigt sich ein Wolkentheater.)

    Fortuna*(tritt auf).*

Fortuna bin ich, Allen Euch Willkommene,
Die meiner Gaben täglich, stündlich Ihr begehrt;
Ich aber, eigensinnig, wie die Frauen sind,
Verweig're heftig Heischenden oft meine Gunst,
Und überschütte den, der meiner kaum bedarf,
Mit Segenströmen, gleich dem Blüthenstreuer Lenz.
So wählt' ich einen Günstling mir in alter Zeit,
Die Fabel nannt' Euch seinen Namen: *Fortunat* –
Den Euch der Dichter heute vor die Seele stellt.
Ein schöner Jüngling, lieblich, freundlich, lebensfroh,
Rasch, unbekümmert, kecken Handelns, herzenswarm,
Gebildet nicht, doch bildsam, d'rum den Frauen werth.
Wenn Ihr in Eures eig'nen Herzens Tiefen forscht,
So habt Ihr Wunderbares auch, gleich ihm, erlebt,
Denn Ihr wart jung, und Jugend ist der Wunder Zeit.
So mögen denn die bunten Bilder Euch erfreu'n,
Erfüllen Euch mit Lebens- und mit Liebesglanz;
Denn nur, wenn Euch der Dichtung Spiegel lebensvoll
Erlebtes reich zurückstrahlt, ist er treu und wahr.
Doch schenket Glauben auch dem bunten Wunderspiel!
Gefall' es Euch, den Zauber zu belauschen,
Laßt alte Märchen Euer Ohr umrauschen,
Versenkt Euch gern in dunkler Wälder Mitte,
Wo schaurig süße Stimmen Euch umweh'n;
Eilt von dem Fürstenhofe zu der Hütte,
Von da zur Wildniß; Ihr dürft Alles sehn.
Ernst ist das Spiel, doch fehlt es nicht an Scherzen,
Verborgen nichts, am wenigsten die Herzen;
Ja, das Geheimste will ich offenbaren:
Wie man *mich* zwinge, sollt Ihr heut' erfahren;
Blickt nur genau auf meines Günstlings Thaten,
Und – – doch genug! Mehr will ich nicht verrathen.

(Sie zieht sich zurück; die Wolken verhüllen sie. Kurze Musik, rasch und lebhaft, zum Schluß Jagdhörner. Die Wolkencourtine hebt sich.)

Erster Act.

Erste Scene.

Famagusta. Offene Vorhalle vor Pancratio's Hause.

Fortunat (einen Falken auf der Faust tragend), Theodor und andere junge Edelleute mit Gefolge (treten auf).

Fortunat*(zurücksprechend).*
Führt mir mein Roß herum! Hübsch langsam! So.
Du nimm den Falken, fütt're mir den Burschen. –
Nun, werthe Freunde, das gab frohe Jagd!

Theodor. Komm' jetzt mit uns! Die Tafel wird Dir munden.

Fortunat. Verzeiht! Ich muß nach Haus. Ihr wißt: die Mutter,
Sie ängstigt sich, bin ich so lange fern.

Theodor. Wie Schade! Ohne Dich sind wir nicht lustig.

Fortunat. Wir finden, liebe Freund', uns Abends wieder,
Beim Lautenspiel und frohen Becherklang.

Theodor. Dein Wort!

Fortunat. Gewiß. – Lebt Alle wohl!

Alle. Leb' wohl!

(Alle ab, bis auf Fortunat.)

Zweite Scene.

Fortunat. Dann Rosamunde.

Fortunat*(allein).*
Die Mutter mag nur mit der Mahlzeit warten!
Mich hungert zwar, doch hab' ich Rosamunden
Noch gar nicht heut' geseh'n: das geht nicht an;
Die Augen muß ich sätt'gen vor dem Magen.
Sie kommt! *(Zieht sich zurück.)*

Rosamunde*(kommt aus dem Hause).* Der Fortunat!

Fortunat*(für sich).* Was ist's mit ihm?

Rosamunde. Wo bleibt er nur, der Ungestüm?

Fortunat*(wie oben, versteckt).*
Ist das mein Name, darf ich fragen?

Rosamunde. Der Bursch thut nichts als reiten, jagen,
Lebt immer als Hans Sorgenlos,
Ißt, schläft und trinkt, wird dick und groß –

Fortunat*(wie oben).*
Was soll er sonst?

Rosamunde.   Ich wett' mein Leben,
Er schwärmt mit den Gesellen eben.
Mein Rädchen stell' ich auf die Flur.
Wart', saub'rer Zeisig, komm' mir nur! *(Ab ins Haus.)*

Fortunat*(allein).*
Jetzt hör' mir Einer diese Dirnen!
Wie frech! wie keck! Soll man nicht zürnen?
Sie kommt zurück – *(Verbirgt sich.)*

Rosamunde*(stellt das Spinnrad, späht herum, und setzt sich dann).*
          Noch nichts –

Fortunat*(bei Seite).*   Magst warten!

Rosamunde*(spinnend).*
Der junge Mensch ist voll Unarten –

Fortunat*(bei Seite).*
Schimpf' Du nur zu!

Rosamunde.   Er reitet keck,
Ist nicht viel klüger als sein Scheck.

Fortunat*(bei Seite).*
Nun wird's mir bald zu viel!

Rosamunde.   Nun, gut
Bin ich einmal dem leichten Blut;
Er sollte doch den Hals nicht brechen.

Fortunat*(wie oben).*
Dich läßt's Dein guter Engel sprechen!

Rosamunde. Doch ohne Sorg'! Ihn schützt das Glück.
Zum Essen kommt er stets zurück.
(Spinnt und summt ein Liedchen, späht dann wieder herum.)
Noch immer nichts!

Fortunat*(hat sich hinter Rosamundens Stuhl geschlichen, hält ihr die Augen zu).*
                        Wer ist's?

Rosamunde.   Ah!

Fortunat*(wie oben).*   Rathe!

Rosamunde. Laßt los!

Fortunat.   Wer ist's?

Rosamunde.   Mein dicker Pathe!

Fortunat. Gefehlt, wer ist's?

Rosamunde.   'ne grobe Hand!
Laßt los!

Fortunat.   Ich bin's.

Rosamunde.   Der Unverstand! *(Steht auf.)*

Fortunat. Der Ungestüm, das leichte Blut,
Hans Sorgenlos, der Thunichtgut –

Rosamunde. Das bist Du auch, genau erwogen.

Fortunat. So? Leicht und wild?

Rosamunde.   Und ganz verzogen.

Fortunat. Ja, Kind, das ist nicht meine Schuld;
Die Mutter hat zu viel Geduld.

Rosamunde. Du aber hast nicht Witz genug.

Fortunat. Was hilft's? Du schilt'st mich doch nicht klug.

Rosamunde. Spräch' ich den Leichtsinn Dir heraus!

Fortunat. Umsonst! Der ist bei mir zu Haus.
Was wollt Ihr mich nur anders machen?
Soll ich nicht singen und nicht lachen?
Soll etwa, wie Dein Vater gar,

Am Tische sitzen Jahr für Jahr,
Und rechnen, auf Gewinn studiren?
Ich bin vornehmer Leute Kind,
D'rum mach' ich gerne etwas Wind,
Jag', reite, trink' und spiele Cither;
Mit Einem Wort: ich bin ein Ritter.

Rosamunde *(mit einem Knix).*
Ja, Eu'r Gestrengen, das ist wahr:
Sie sind ein Ritter ganz und gar.

Fortunat. Bist Du nun wieder gut?

Rosamunde.   Nun ja!
Zwar kamst Du spät, doch bist Du da.

Fortunat. Ich war doch immer nur bei Dir.

Rosamunde. Bei mir?

Fortunat.   Wahrhaftig, glaub' es mir.
Dein Bild schwebt bei den Zechgelagen
Mir vor, so wie beim frohen Jagen.
Dein Auge bin ich so gewohnt!
Wie oft hab' ich ein Reh verschont,
Weil's eben solche Augen machte,
Und just so blinzelte und lachte.
Ich zielte – doch der Pfeil blieb fest an seinem Ort;
Das schlanke Reh, es lief mit *Deinen* Augen fort.

Rosamunde. Ei, Du wirst höflich, wirst galant.

Fortunat. Es hat mich eben übermannt.
Sieh, sitz' ich so im Kreis der Zecher,
Da wird mein Glas zum Zauberbecher;
Denn in dem Wein, im flüss'gen Gold,
Da schwimmt – bei Gott! Dein Bild so hold –
Es schwebt und schaukelt sich so munter –
Ich tränk' es tausendmal hinunter!

Rosamunde. Du bleibst ein Schalk! – Doch weil Du heut'
So sittsam bist und so gescheidt,
Bring' ich ein klein Geschenke Dir.
Wart' nur ein wenig! Bin gleich hier. *(Ab in das Haus.)*

Fortunat *(allein)*.
Es ist ein gar zu liebes Kind!
Nicht eitel, wie die Andern sind;
Ihr Wort so hold, ihr Blick so süß –
Wenn sie nur das Hofmeistern ließ'!

Rosamunde *(kommt zurück, eine Schärpe in der Hand)*.
Das hab' ich, sieh! für Dich gemacht,
Verstohlen oft, bei Tag und Nacht.

Fortunat. Potz! Welch' ein prächtig Wehrgehenk'!

Rosamunde. Bück' Dich einmal!

Fortunat.   Mach's nicht zu eng'!

Rosamunde. Nun sitzt es gut.

Fortunat.   Wär' ich bewehrt,
Und hätt' ein ritterliches Schwert,
Da zög' ich wohl auf Abenteuer,
Und hielte Deine Farbe theuer,
Und käm' ein Ritter kühn daher,
Den fordert' ich auf Schwert und Speer,
Daß er besiegt bekennen müßt',
Wie Du der Frauen Hold'ste bist.

Rosamunde. Kommst Du in Deine alten Weisen?
Du kannst mich ohne Schwertschlag preisen.

Fortunat. Kund, das verstehst Du nicht! – Doch hör':
Die Gab' ist hübsch – nur möcht' ich mehr.

Rosamunde. Was noch?

Fortunat.   Hm, rathe!

Rosamunde.   Laß mich's wissen.

Fortunat. Ich möchte gern – Dich einmal küssen.

Rosamunde. Närrchen!

Fortunat.   Im Ernst!

Rosamunde.   Was hast davon?

Fortunat. Weiß selbst nicht! 's ist einmal Passion.

Rosamunde*(ernsthaft)*
So sei's! Hier auf die Stirn'!

Fortunat. Je nu,
Den Mund seh' ich mir an dazu. *(Küßt sie.)*

Dritte Scene.

Vorige. Pancratio.

Pancratio. Ei, guten Morgen, Junker, guten Morgen!

Rosamunde. Der Vater!

Fortunat. Seid gegrüßt, Pancratio.

Pancratio. Ihr seid wohl auf dem Weg' nach Hause?

Fortunat*(indem er sich zu Rosamunden wendet).* Nein.

Pancratio*(vertritt ihm den Weg).*
Verzeiht! – Schon lange wollt' ich Euch ersuchen,
Mein schlechtes Haus mit Eurer Gegenwart
Nicht länger zu beehren, lieber Junker.

Fortunat. Alter Pancratio, was fällt Euch ein?
Seid Ihr nicht und mein Vater alte Freunde?
Wuchsen wir Kinder nicht mitsammen auf?

Pancratio. Das eben ist's: *weil* aufgewachsen, weil
Nicht Kinder mehr, mein gold'ner junger Herr,
Dürft Ihr auch länger nicht wie Kinder *spielen.*
An Geist und Jahren seid Ihr zwar ein Knabe,
Doch äußerlich recht tüchtig aufgeschossen;
Wer Euch nur *sieht*, der glaubt, Ihr seid ein Mann.
Nun seht, da ziemt sich's nicht, daß hier mein Mädchen
Mit Knaben umgeht, die wie Männer ausseh'n.

Fortunat. Ei das warum?

Pancratio. Warum? Ich will's Euch sagen:
Weil Rosamunde Braut ist.

Rosamunde. Braut?

Pancratio. Ja.

Fortunat. Scherzt Ihr?

Pancratio. Ich scherze nie.

Fortunat. Wer ist der Bräutigam?

Pancratio*(zu Fortunat)*.
Der junge Calandrin. *(Zu Rosamunden.)* Du kennst ihn ja!
Du hast mit ihm getanzt.

Rosamunde. Ein hübscher Mann!

Pancratio*(zu Fortunat)*.
Ein reicher, fleiß'ger, ein solider Mann,
Der Stolz von Cyperns Kaufmannschaft. Er ist
Von einer Handelsreise heimgekehrt –
(Zu Rosamunden.)
Und wird um Deine Hand herkömmlich werben.

Rosamunde. Braut?

Pancratio. Das gefällt Dir? Gelt?

Rosamunde. Ich kann's nicht läugnen.
Wie werden die Gespielinnen sich wundern,
Daß ich zuerst soll unter Haube kommen!

Pancratio. Dank' es der klugen Vorsicht Deines Vaters. –
Ihr seht, mein Junker, wie die Sachen steh'n:
Die Rosamund' ist Calandrino's Braut,
D'rum bitt' ich Euch, den Umgang abzubrechen.

Fortunat. Hm! Hört einmal, alter Pancratio,
Ich hab 'nen Einfall – gebt das Mädchen mir.

Pancratio. Euch, junger Herr?

Fortunat. Was lacht Ihr?

Pancratio. Euch zur Frau?

Fortunat*(zu Rosamunden)*.
Kommt's Dir auch spaßig vor? Ihr seid besonders!

Pancratio. Mein lieber Junker, seht, das ziemt sich nicht;
Ihr seid ein Ritter, sie ein Bürgermädchen.

Fortunat. Je nun! Ich lasse mich zu ihr herab.

Pancratio. Ei, wirklich? Nun mich kitzelt nicht der Ehrgeiz.

Fortunat. Ich sprech' im Ernst, Pancratio.

Pancratio.   Im Ernst?
Da muß ich denn auch ernsthaft sprechen, Junker.
(Auf Rosamunden weisend.)
Sie ist ein *reiches* Bürgerskind.

Fortunat.   Was schadet's?

Pancratio. Es schadet eben nicht; doch gleich und gleich –
Ihr kennt das Sprichwort ja.

Fortunat.   Bin ich denn arm?

Pancratio. Ihr seid ein lieber junger Herr, so harmlos,
So rasch und munter, ganz wie Euer Vater.
Ihr liebt Euch schöne Kleider, gutes Essen,
Ihr habt die Lust an Pferden, Hunden, Falken,
An – was weiß ich? kurz lauter *theuern* Sachen.
Das liegt im Naturell. Der Ritter Hugo
War in der Jugend so wie Ihr, mein Bester.
Er hatt' ein reiches Erbtheil überkommen:
Da gab's Banquet, Turnier und frohe Feste –
Nun jeder kann mit seinem Gelde schalten –
Doch hat das Geld die üble Eigenschaft,
Daß, nimmt man weg davon, wird's weniger,
Und immer weniger, bleibt endlich nichts,
Ja, weniger als nichts – will sagen: Schulden.

Fortunat. Schulden?

Pancratio.   Ja, lieber Junker.

Fortunat.   Schulden, sagt Ihr?
Mein Vater hätte –?

Pancratio.   Schulden.

Fortunat.   Ei? Sehr unklug.

Pancratio. Klug ist's nun freilich nicht.

Fortunat.   Wem schuldet er?

Pancratio. Mir.

Fortunat.   Und wie viel?

Pancratio.   Zweitausend Kronen.

Fortunat.   Schlimm!

Pancratio. Zumeist für mich, bekomm' ich sie nicht wieder.

Fortunat. Ihr sollt sie haben.

Pancratio.   Sie sind längst verschmerzt.
Doch nun genug! Lebt wohl, mein lieber Junker.
Komm', Rosamunde!

Rosamunde.   Fortunat –

Fortunat.   Leb' wohl!

Pancratio. Ergeb'ner Diener, mein verehrter Junker.

Fortunat. Lebt wohl, Pancratio! Ihr seid ein Kaufmann,
Das schmeckt man so durch Euer ganzes Wesen;
Das Geld ist Euer Blut, und Euer Gott der Vortheil,
Ihr fühlt nicht Liebe, lebt nur so zum Schein. –
(Zu Rosamunden.)
Doch nun zu Dir! – Du freu'st Dich, daß Du Braut bist?
Das ist am Ende aller Mädchen Streben;
Doch ärgert's mich, daß Du Dich freu'st darüber.
Wir passen nicht zusammen – es ist wahr –
Allein ich war Dir gut, sowie Du mir;
Du aber denkst nicht weiter d'ran, sobald
Ein Pfefferkrämer wirbt um Deine Hand.
So seid Ihr Mädchen! – Nun, ich will's nicht tadeln.
Leb' wohl, sei glücklich in des Gatten Arm,
Dies ist mein Wunsch, wenn es der Deine ist.
Nimm diesen Abschiedskuß!
(Zu Pancratio drohend.)   Ihr dürft's nicht hindern! –
Und nun, vielleicht auf immer! lebe wohl! –
Doch jetzt nach Hause – wo die Mahlzeit wartet,
Wo mein Herr Vater wieder schelten wird.
Hier und zu Hause ist doch nirgends Freude!
Man möchte laufen in die weite Welt,
Man könnte fast den Appetit verlieren.
(Ab.)

Pancratio. Der eitle Kerl, der Grobian, der Geck!
Wisch' Dir den Mund ab, wo er Dich geküßt.
Ein Bettlervolk ist seine ganze Sippschaft,
Ein Prahlhans der Herr Vater, und doch stolz
Auf seine Ritterschaft, der Hungerleider. –
Nun, liebes Kind, denk' an den Bräutigam;
Die Ungeduld läßt ihn nicht lange warten. –
Wie mich der kecke Bursche doch geärgert! –
Ich will ein wenig nach dem Hafen seh'n,
Wo Calandrin die Waaren eben ablädt. –
Der junge Taugenichts, der kahle Ritter!
(Ab.)

Vierte Scene.

Rosamunde (allein). Dann Pancratio, Calandrino.

Rosamunde*(allein).*
Er ging erzürnt, ich hab' ihn schwer gekränkt –
Nicht heute nur, auch gestern, alle Tage;
Ich hielt ihn immer kurz, wie einen Knaben,
Ich fühlte nicht, wie er mir zugethan –
Ich fühlt' es wohl, doch durft' ich es nicht zeigen.
Nun ist geschehen, was ich längst befürchtet;
Der Vater wies erzürnt ihn aus dem Hause,
Und Fortunat ist stolz – er kommt nicht wieder.
Ich soll ihn nicht mehr seh'n? Von ihm getrennt sein?
Mir ist, als sollt' ich nun mit Einem Mal
Vom Glück, vom Leben, von der Liebe scheiden.

Pancratio und Calandrino (treten auf.)

Pancratio. Da ist mein Kind, Herr Calandrin,
Nun sagt ihr selber Euren Sinn.
(Zu Rosamunden.)
Herr Calandrin kam an zur Stund',
Mit Dir zu sprechen, Rosamund'.

Calandrino. Ja, holde Jungfrau, hört mich an:
Vergönnt mir, werbend Euch zu nah'n;
Der Tugend und der Reize Zier,
Kurz, alles Holde, ruht in Dir.

22

Denn Du bist häuslich, sanft und gut,
Kein wildes Mädchen, heißes Blut,
Das üb'rall schwärmt mit freien Blicken;
Kein Weib, das, kehrt der Mann den Rücken,
Mit Andern buhlt und Geld verthut;
Du bist nicht, wie die Andern sind,
Du wirst des Mannes Haus nur schmücken,
Denn Du bist ganz – Pancratio's Kind. –
Nun sieh das Schiff, von Reichthum schwer,
Mit meiner Ladung kommt es her;
Und auf dem Markt steht mir ein Haus,
Die Eltern zierten's köstlich aus
Mit allem Hausrath, wie wir's lieben;
Ein Einziges ist frei geblieben:
Die Hausfrau fehlet noch darin,
Die Alles lenkt mit klugem Sinn
Zu eig'nem und des Mann's Ergötzen.
Willst Du das Mangelnde ersetzen?
(Pause, als ob er Antwort erwartete.)
Ihr schweigt?

    Pancratio.   So sprich!

    Rosamunde.   Herr Vater –

    Pancratio.   Nun?

    Calandrino. Ihr schweigt schon wieder?

    Pancratio.   Thöricht Thun!
Die Thränen laufen ihr herunter;
Ich kann's nicht leiden. Frisch! Sei munter!
Sag' ja! Ist denn das Wort so schwer?

    Rosamunde. Laßt mich bedenken –

    Pancratio.   Denk' nachher!
Jetzt aber sprich sogleich –

    Calandrino.   Ich bitte!
Zu rasch ist gegen gute Sitte.
Es weiß die Jungfrau die Manieren;
Die Tugendhafte muß sich zieren.

Ihr wollt Bedenkzeit? Nun wohlan!
In dreien Tagen klopf' ich wieder an.
Lebt wohl! *(Zu Pancratio.)* Zieht nicht die Stirne kraus!
Ihr wißt, wie Mädchen sich betragen;
Was Jede gerne thut, will Keine gerne sagen.
(Zu Rosamunden.)
Lebt wohl! Ich rüst' indeß mein Haus.
Die Antwort fällt doch günstig aus?

(Ab. Pancratio begleitet ihn.)

Fünfte Scene.

Rosamunde (allein). Dann Pancratio.

Rosamunde*(allein.)*
Er – er mein Mann? – Ich bin verloren!
Weh' mir! O wär' ich nie geboren!
(Setzt sich und verhüllt die Augen.)

Pancratio*(kommt zurück).*
Nun, was soll das? *(Rosamunde steht rasch auf.)*
        Was soll das Sperr'n?
Bring' ich ihr solchen edlen Herrn,
Der ihr die feinsten Dinge sagt,
Sie aber stutzt und trutzt – ist sonst doch nicht verzagt!
Früh, Abends, und beim Tanz, beim Spiele,
Da läuft ihr's Maul wie eine Mühle;
Warum nur schweigst Du eben jetzt?
Mißfällt der Bräut'gam Dir zuletzt?
Kein Besserer ist aufzutreiben,
Ich müßte nach dem Monde schreiben.
Heut' Morgens war er ihr noch recht!
Es ist ein thörichtes Geschlecht!
Nichts als Gezier! Ist's Ernst? Ist's Spaß?
Erfahr' ich's bald? – So rede was!

Rosamunde. Herr Vater, hört mich ruhig an –

Pancratio. Im Aerger schlüg' ich gern was nieder!

Rosamunde. Glaubt mir's gewiß, der ganze Mann
Ist mir –

Pancratio.   Nun wird's?

Rosamunde.   Ist mir zuwider.

Pancratio. Zuwider? So? Und das warum?

Rosamunde. Ich kann's nicht eben deutlich sagen;
Es macht mich seine Nähe stumm,
Sein Anblick regt mir Unbehagen;
Denn Kleidung und Gestalt und Bart
Hat ganz die Pfefferkrämer-Art.

Pancratio. Hilf Gott! Sein Stand ist Dir zu klein?
Du möchtest wohl ein Fräulein sein?
Das ist ja ganz ein neuer Brauch!
Ein Pfefferkrämer bin ich auch.
Der Hochmuth ist fürwahr nicht bitter!
Das schmeckt ganz nach dem jungen Ritter.
Kommt mir der Bursch noch 'mal in's Haus –

Rosamunde. Seid ruhig, Vater! Der bleibt aus;
Ich fürcht', er geht in weite Welt.

Pancratio. Der Habenichts, der Zungenheld! –
Du aber höre jetzt mich an:
Der Pfeffermensch, der wird Dein Mann;
Er ist der beste Mann der Insel.
Nur nichts von Thränen und Gewinsel!
Es steht bei Dir, die Wahl ist frei:
Entschließ Dich in der Tage drei.
Sprichst ja? Gut. Nein? Dann keine Klage!
Im Kloster enden Deine Tage.
Und wenn Dir dieses nicht gefällt,
So lauf' auch in die weite Welt;
Such' Deinen Ritter Hasenfuß,
Und leb' in Hunger und Verdruß,
Und wirst Du Wassersuppen essen,
Magst Du des Pfeffers nicht vergessen.
Jetzt denke nach. Ich gehe fort.
Sprich nichts! Du weißt mein letztes Wort *(Ab.)*

Rosamunde*(allein).*
War das ein Vater? Harter Mann!

Wie fuhr er mich so heftig an,
Daß ich verstummen mußt'!
(Trocknet die Augen ab.)   Doch nein!
Ich will nicht länger traurig sein. –
Des Vaters Willen, ich weiß, steht fest;
Die Tochter auch nicht spassen läßt.
Ich will den steifen Burschen nicht,
Der nach Muskat und Ingwer riecht,
Den eitlen Gecken, den Tukmauser,
Ich glaub', er gilt für einen Knauser,
Er sieht auch aus, als ob er's wär';
Da steckt er wohl im Golde schwer,
Und kommt ihm jeder Groschen doch,
Der sich im Haus verbraucht, zu hoch;
Da wird die arme Frau gequält,
Die täglich kaufen soll – ohne Geld.
Da greint er, weil die Suppe fett,
Und weil der Frauen Anzug nett;
Es macht fein Haus von außen Wind,
Und drinnen hungern Gesind' und Kind.
Beschütz', solch' einen Mann zu frei'n! –
Was muß ich nur ein Mädchen sein!
Wär' ich ein Knabe keck und frei,
Sucht' in der Welt, wo's besser sei. –
Ach, Fortunat, wärst Du bei mir,
Klagt' ich mein Leid dem Freunde, Dir!
Denn jetzt erst fühl' ich es, wie tief
In mir zu Dir die Liebe schlief. –
Was auch gescheh', fest steht mein Sinn:
Nie wird mein Gatte Calandrin. –
Jetzt bin ich ruhig. Nun ist's gut!
Ich hab' auch Aerger, hab' auch Blut.
Der Vater meint, wenn mir's gefällt,
Soll ich nur geh'n in weite Welt? –
Das kann gescheh'n! Ich denke mir,
Sind Menschen da, sind Menschen hier,
Und lieber fremdem Herren dienen,
Als eines Gatten trotz'gen Mienen;
Als Magd dünk' ich mich reich und groß,

Bin ich den Pfeffermann erst los.
(*Ab.*)

Sechste Scene.

(*Zimmer in Ritter Hugo's Hause.*)

Ritter Hugo, Beata und der Graf von Flandern treten auf.

Graf. Ich nenn' Euch unverholen meinen Wunsch.
In diesen Tagen meines Hierseins hab' ich
Den jungen Menschen oft geseh'n, und muß
Sein ritterliches, freies Wesen loben.
Im Rossetummeln sucht er seinen Meister,
Ich sah ihn Speere werfen, und die Andern,
Die älteren, an Kraft und Kunst besiegen;
D'rum, wollt Ihr mir den Jüngling anvertrau'n,
So nehm' ich ihn als Edelknaben mit.

Hugo. Mein edler Graf von Flandern, gern bin ich's
Zufrieden, daß der Jüngling in die Welt
An Eurer Seite tritt.

Graf.   Ich will für ihn
Gleich einem zweiten Vater sorgen. – Nun,
Was sagt die edle Frau, des Jünglings Mutter?

Beata. Herr Graf, gar sehr erkenn' ich Eure Gnade –
Doch ist er noch zu jung –

Hugo.   Ei, schwätze Du! Zu jung!
Er hat sein eig'nes Alter überholt.
Ist er nicht kräftig wie ein Riese? Nicht
An Brust und Lenden Samson? 's fehlt ihm nichts
Als der Verstand, und den kriegt man auf Reisen.
Ihr sollt den Buben haben, edler Graf!

Beata. Mein Schatz –

Hugo.   Ei was! Nach Deinem Willen sollt' er
Noch in der Wiege liegen, daß Du was
Zu schaukeln hättest.

Graf.   Werther Ritter Hugo,
Ich denk', Ihr laßt den Jüngling selbst entscheiden.

Schickt ihn zu mir, doch bitt' ich, ehestens,
Denn wir erwarten nur den günst'gen Wind,
Die Insel unverzüglich zu verlassen.
Lebt wohl, ihr und die edle Frau.

    Hugo.   Lebt wohl.

(Graf von Flandern ab.)

Siebente Scene.

Hugo. Beata.

    Beata. Dir ist's nur d'rum zu thun, ihn weg zu bringen.

    Hugo. Und Dir nur einzig d'rum, ihn zu behalten.

    Beata. Nach Flandern? Gott! So weit! Was kann gescheh'n?

    Hugo. In Flandern ist's gerade wie in Cypern:
Der Himmel ist dort blau, die Bäume grün,
Und Menschenfresser gibt's dort eben auch nicht.

    Beata. Was soll er nur in Flandern?

    Hugo.   Etwas lernen,
Hier schlendert er den ganzen Tag herum.

    Beata. Allein man sieht ihn doch!

    Hugo.   Zur Essenszeit!
Da bringt er einen Hunger mit – mich schaudert's,
Wenn ich ihn essen seh'!

    Beata.   Du hast kein Mutterherz!

    Hugo*(setzt sich).*
Nein! Doch ein Vaterherz. Ich will den Jungen
Zum Manne machen. Du machst ihn zum Weib.

Achte Scene.

Vorige. Fortunat.

    Fortunat. Mutter, mich hungert –

    Beata.   Nun, da kommt er endlich!

    Fortunat. Habt Ihr noch was?

Beata. Ei ja!

Fortunat. Gott grüß' Euch, Vater!
Hört, Euretwegen hatt' ich heut' viel Aerger.

Hugo. Wieso, mein Bursch?

Fortunat. Der Krämer, der Pancratio,
Der sagt, Ihr wär't ihm schuldig.

Hugo. Leider, ja!

Fortunat. So?

Hugo. Ihm und Andern.

Fortunat. Andern auch?

Hugo (steht auf). Mein Sohn,
Es darf Dir länger nicht verborgen sein,
Daß unser Haus dem Untergange nah'!

Fortunat. Was? Das wär' schlimm! Ihr seht ein Bischen trübe!
Seit ein'ger Zeit zwar hab' ich schon bemerkt –

Beata (die indessen den Tisch bereitete).
Nun, setz' Dich, Söhnchen, setz' Dich.

Fortunat (setzt sich). Ist's was Gutes?

Hugo. Iß nur und trink', und höre, was ich sage. –
Als Junker bist Du sorglos aufgewachsen,
In Reichthum, ja in Pracht und Ueberfluß;
Denn Deine ersten Jahre fielen noch
In meine bessern. Das ist nun vorbei.
Wir sind herabgekommen, wissen uns
Kaum zu erhalten, und was in der Zukunft
Aus uns noch werden kann –

Fortunat (essend). Nein, Vater, Ihr
Seht gar zu schwarz!

Hugo. Du dummer Junge! Hat
Die Backen voll, das volle Glas vor sich,
Da scheint die ganze Welt ihm rosenroth;
Doch ich bin satt, und darum unparteiisch,
Und sage Dir: es geht uns schlecht, sehr schlecht.

Beata. Nun, gar zu übel mußt Du's auch nicht machen.

Hugo. Bei alle dem, mein lieber Sohn, betrübt mich
Dein Schicksal mehr als unser eigenes.
Ich möchte gern was Rechtes aus Dir machen –
Was er für große Stücke schlingt, der Schlingel!

Fortunat*(essend)*.
Was Rechtes aus mir machen, Vater? Macht's!

Hugo. Hast noch nicht abgegessen? – Sieh, in Cypern
Blüht uns kein Glück. Uns fehlen Geld und Freunde;
D'rum sollst Du in der Fremde Dich versuchen.

Fortunat*(aufstehend)*.
Vater, da nennt Ihr eben meinen Wunsch!

Beata. Nun ja, der Junge ist ganz wie der Alte.

Fortunat. Auf Abenteuer zieh'n, in fremde Länder,
In Kriegen und Turnieren mich zu üben,
Und meinen Namen an den Fürstenhöfen
Berühmt zu machen – das war stets mein Wunsch.
Erst diese Nacht noch hatt' ich einen Traum: –
Ich kam zurück aus einem Kriegeszug
In reichen Kleidern, mit Gefolg und Dienern;
Da kanntet Ihr mich nicht, Ihr und die Mutter,
Und grüßtet, rücktet ehrfurchtsvoll den Hut –

Hugo. Du bist ein Narr, ein Fant, ein Haselant,
Dein Träumen ist nicht klüger als Dein Wachen!
So prächt'ge Dinge stelle Dir nicht vor,
Die trifft ein armer Knappe nirgends an,
Als im Gehirn und in den Ritterbüchern.
Doch etwas And'res, lieber Sohn! Du weißt:
Der Graf von Flandern, der das heil'ge Grab
Besuchte, kam vor wenig Tagen an
In Famagusta; dieser fand Gefallen
An Dir, und wünscht als seinen Edelknaben
Dich mitzunehmen.

Fortunat.   Wünscht er's, wünsch' ich's auch!

Beata. Mein lieber Sohn –

Fortunat.   Habt, Mutter, nichts dagegen!
Längst schämt sich schon mein ungebrauchter Degen,
Und dieses Haupt, es sehnt sich Tag für Tag
Nach einem Ritterhelm und Ritterschlag.

   Beata. Nach Flandern, liebes Kind, bedenk': nach Flandern!

   Hugo. Hör' sie nicht an!

   Fortunat.   Laßt mich nur immer wandern!
Ihr sagt ja selbst, es blühe hier
Das gute Glück nicht Euch, noch mir:
Will's in der Fremde mir erringen,
Und will es Euch nach Hause bringen.

Neunte Scene.

Vorige. Der Graf von Flandern.

   Graf. Da ist er ja! – Mein werther Ritter Hugo,
Habt Ihr gesprochen mit dem Sohn?

   Fortunat.   So eben,
Erlauchter Herr, that mir mein Vater kund,
Die Gnade, die Ihr mir erweisen wollt.

   Graf. Wollt Ihr mir also dienen?

   Fortunat.   Mit dem Leben,
Mit Allem, Herr, was ich vermag und weiß.

   Graf. Gut ist's, daß Du so rasch entschlossen bist,
Denn wiss': in dieser Stunde segeln wir.

   Beata. In dieser Stund' –?

   Graf.   Es weht ein günst'ger Wind,
Die Schiffer spannen alle Segel auf,
Und bald wird unser Schiff, den kecken Schwimmer,
Des mittelländ'schen Meeres Rücken tragen.
Wir segeln fort, bis unser Fuß den Fuß
Frankreichs betritt, die herrliche Provence;
Mein Schiff send' ich voraus zur theuern Heimat,
Wir aber wandern, ich und Du, und edle
Gefährten, die in meinem Zuge sind,

Hin nach Toulouse in das Land der Lieder,
Und zieh'n dann weiter an die Fürstenhöfe,
Und suchen auf Gesang, Turnier und Schlacht,
Dann längs des deutschen Rheins geht unser Zug,
Der uns in seinen Burgen gastlich aufnimmt;
Da wirst Du Mainz und Köln und Aachen seh'n,
Des großen Kaisers Carol Wieg' und Sarg.
So kommen wir zuletzt in meine Heimat,
Wo wir zu Gott, nach froher Heimkehr, beten,
Und Mecheln, meine Residenz, betreten.

 Fortunat. Mutter, lebt wohl!

 Beata.   Mein lieber Sohn!

 Fortunat.   Das Schiff
Steht segelfertig! Vater, Euern Segen!

 Beata. Mein Gott, und ohne Wäsche!

 Hugo.   Bleibe fromm
Und gut, und werd' ein tapf'rer Rittersmann,
Dann kehre wieder und sei uns willkommen!
(Er umarmt ihn.)

 Beata. Herr Graf, muß es denn sein? Könnt Ihr nicht warten?

 Graf. Ihr wißt wohl: Wind und Wasser haben Launen!
Die guten nützt man –

 Hugo.   Ja, wie bei den Weibern.

 Fortunat. Mutter, ein Wort! – Grüßt mir die Rosamunde,
Sagt ihr, daß ihrer ich in Liebe dachte.

(Ein Horn hinter der Scene.)

 Graf. Das ist das Zeichen.

 Beata.   Sohn! Mein Sohn!

 Graf.   Seid ruhig!
Ich werde wie ein Vater für ihn sorgen.

 Fortunat. Lebt, Mutter, wohl!

 Beata.   Sohn, wir begleiten Dich.

Hugo Mein Sohn, für mich kein Wort?

Fortunat.   Mein Vater – Mutter! –
(Das Horn ertönt wieder.)
Hört Ihr den Ton? Er ruft mit Macht!
Der Durst nach Thaten zuckt durch alle Glieder!
Mir winkt die weite Welt mit ihrer Pracht!
Lebt wohl! Mir sagt's der Geist: ich seh' Euch fröhlich wieder.

(Alle ab.)

Zweiter Act.

Erste Scene.

(Tiefer, verschlungener Wald in Burgund. Nacht.)

    Fortunat(*tritt auf, verstört in Aussehen und Anzug*).
Kein Ausweg! – Ach, das ist die dritte Nacht,
Die ich vollbringen soll im öden Wald.
Mußt' ich geboren werden, zu verschmachten? –
Was haben mich die Räuber nicht getödtet,
Die meinen Herrn, den edlen Grafen, schlugen?
Mußt' ich entkommen, Hungers hier zu sterben,
Oder des Raubthiers Hunger gar zu stillen?
Wie es auch sei – ich kann nicht weiter mehr –
Hier will ich liegen und den Tod erwarten.
(Er lagert sich an einem Felsen, der Mond geht auf.)
Wie wird mein Vater, wie die liebe Mutter
Um mich besorgt sein! – Freunde, Vaterland!
Gespielin meiner Jugend, Rosamunde!
Nie seh' ich Euer heit'res Antlitz wieder! –
Wie wichtig man sein eig'nes Leben hält!
Wie vieles Große glaubt' ich zu erreichen!
Das ist nun auch vorbei. Mein armer Herr,
Du bist schon todt, und ich bin bald bei Dir! –
Horch! war's nicht eine Stimme? – Holla! ho!

    Echo. Ho!

    Fortunat.   Komm' zu mir! komm'. komm'!

    Echo.   Komm'!

    Fortunat.   Echo ruft –
Und spottet meiner Todesangst. Natur,
Wie eisern, unerbittlich ist Dein Walten! –
Nun, ich ergebe mich. Zu Dir, mein Gott,
Schwingt sich die Seel' und fleht dich um Erbarmen. –
Mich dürstet. Rieselt's nicht zu meinen Häupten?
(Sanfte Musik.)
Ja, eine Quelle ist's!

(Er rafft sich auf und trinkt.)
Ein Zaubertrunk!
Ich fühl' mich neu belebt, voll Muth und Hoffnung!

Zweite Scene.

Fortunat. Fortuna.

Fortuna*(tritt aus dem Felsen, der sich geöffnet).*
Jüngling –

Fortunat. Ach, wer bist Du, glänzende Schönheit?

Fortuna. Bin Fortuna. Blicke nicht beklommen!
Dich zu retten, bin ich hergekommen.
Ostwärts schau'! Bald zeigt die Morgensonne
Arles Dir, die Stadt voll Glanz und Wonne.
Doch jetzt wähle rasch von meinen Gaben;
Alle nenn' ich, *Eine* sollst Du haben:
Macht und Reichthum, Weisheit, langes Leben,
Schönheit und Gesundheit kann ich geben.

Fortunat. Du holde Fee! Bist wirklich Du Fortuna?
Der Sinn vermag das Wunder kaum zu fassen.

Fortuna. Wähle von meinen Gaben.

Fortunat. Wählen soll ich?
Gesundheit hab' ich, und in ihr die Schönheit;
Weisheit will ich erwerben, nicht bekommen;
Was ist ein langes Leben ohne Freude?
Macht ohne Reichthum ist ohnmächt'ge Macht;
D'rum gib mir Reichthum, und Du gabst mir Alles

Fortuna. Nimm diesen Sekel. Jedem, der hinein langt,
Wenn ihn beim Werk kein Menschenaug' erspäht,
Gibt er auf jeden Griff ein schweres Goldstück.
Du Thor, Du hast die Weisheit nicht begehrt,
Sieh zu, ob Du des Reichthums weise brauchst. –
Barhaupt stehst Du vor mir: nimm diesen Hut;
Wer ihn besitzt, den trägt der Zauberhut
Mit des Gedankens Schnell' an jeden Ort,
Den nur des Eigners Wunsch benennen mag. –

Leb' wohl! Du siehst im Leben mich nicht wieder,
D'rum sei im Handeln klüger als im Wünschen.
(Verschwindet, der Fels schließt sich wieder.)

Fortunat*(allein).*
O weile, schöne Jungfrau! – Sie verschwand –
Und läßt mir Hut und Sekel in der Hand.
Versuch' ich wohl –? *(Langt in den Sekel.)*
                    Ein Goldstück! Noch Eins! – Wieder! –
Jetzt scheltet mir Fortuna. Sie ist bieder!

(Die Nebel theilen sich und zeigen in der Ferne die Thürme von Arles in Morgenbeleuchtung.)

Versuch' ich auch den Hut? – Ich denke: nein.
Dort lacht ja schon die Stadt im Sonnenschein,
Und ein bequemer Pfad führt frank und frei
Mich g'rade hin; was braucht's der Zauberei! –
Ich fühle mich so froh und so zufrieden!
Du theurer Sekel, freundlich mir beschieden!
Sollst mir des Lebens Herrlichkeit erschließen,
Mich lehrend unerschöpfliches Genießen. *(Ab.)*

(Musik. Die Scene erhellt sich gänzlich.)

Dritte Scene.

(Gemach in des Herzogs Burg zu Arles.)

Der Herzog von Burgund und Ritter Colbert (von der einen), Prinzessin Agrippina (von der andern Seite.)

Agrippina*(ihnen entgegen).*
Ist's wirklich, Ritter Colbert?

Colbert.   Edle Fürstin –

Herzog. Zu läugnen ist es nicht, geliebte Schwester:
Der Normann fiel in uns're Grenzen ein.

Agrippina. Abscheulich!

Herzog.   Feindlich ist er uns gesinnt,
Seit Du die Hand des Fürsten ausgeschlagen;

Und uns're Macht ist, fürcht' ich, zu gering,
Um so gewalt'gen Feind uns zu gestatten.

    Agrippina. D'rum soll ich ihn zum Freunde machen, nicht?

    Herzog Ich sähe lieber ihn zu Deinen Füßen,
Als uns im Angesicht zu Felde steh'n.

    Agrippina. Und ich, mein Bruder, sähe diesen Mann
Zu Deinen Füßen lieber als zu meinen. –
Sagt, Colbert, seid Ihr muthlos, wie mein Bruder?

    Colbert. Erhab'ne Fürstin, nicht dem Diener ziemt's,
Dem Rath des weisen Herren vorzugreifen;
Allein wenn Ihr um uns're Lage fragt,
Antwort' ich Euch: es fehlt an Geld und Leuten,
Doch nimmermehr an Muth und gutem Willen,
Die, hoff' ich, bald das Mangelnde ersetzen;
Das Uebrige stellt billig man im Kriege
Dem Zufall und dem Kriegesglück anheim.
Vorerst ist nur ein rascher Ausfall nöthig;
Der Normann hat die einz'ge Burg im Land,
Ist die erst unser, fehlt ihm jede Stütze.
D'rum rath' ich, wenn der Krieg beschlossen wird,
Beginn' er diese Stunde; denn wir stärken
Des Feindes Macht, nicht uns're, wenn wir zögern.

    Agrippina. Das ist ein Wort! So spricht der tapf're Colbert! –
Dünkt Dich sein Rath nicht gut, mein Bruder?

    Herzog.   Ja,
Sobald Du »nein« auf meinen Antrag sagtest.

    Agrippina. Nun denn, so laßt uns uns're Truppen mustern,
Laßt uns, was möglich ist, zu Gelde machen;
Gern geb' ich meine Perlen, mein Geschmeide;
Laßt auch die Werber ziehen durch das Land –

    Colbert. Das ist bereits geschehen, edle Fürstin.

    Agrippina. Bereits gescheh'n?

    Herzog.   Ich gab dazu Befehl.
Freund oder Feind, uns sollte der Normann
Nicht unbewehrt und waffenlos begegnen.

Agrippina. Nun, so geschah denn, was geschehen sollte.
Ihr seid gerüstet und Ihr zweifelt noch?
Wollt Ihr das Schwert in Eurer Hand nicht brauchen?
Was ist des Krieges Seel'? Ein tapf'rer Führer.
Zwei Helden steh'n vor mir; der eine flammend
Von Kriegeslust, der And're weise zögernd,
Doch Beide, kommt's zur That, bewährt, entschieden.
Haucht Eure Seelen in des Volkes Kloß,
Daß es lebendig Euren Sinn vollbringe;
Ich selbst umgürte mich mit Kriegesrüstung.
Dann aber laßt uns schreiten nach dem Dom,
Um uns den Schutz des Himmels zu erfleh'n,
Und uns dem Volk von Angesicht zu zeigen.

(*Alle ab.*)

Vierte Scene.

(*Marktplatz zu Arles.*)

(*Dem Zuschauer zur Linken ein Theil eines Gasthauses, Tisch und Stühle vor der Thüre. Marktbuden in der Mitte der Bühne. Käufer und Verkäufer.*)

Rosamunde (in Männerkleidung) und ein Schiffer (treten im Vordergrunde auf).

Schiffer. Nun sagt, wie stehen Eure Hoffnungen?
Ich nehme Theil an Euch, mein hübscher Bursche;
Seht, damals schon gefiel mir Euer Wesen,
Als Ihr, in Euer Mäntelchen gehüllt,
In Famagusta Abends zu mir kamt,
Mich bittend, in mein Schiff Euch aufzunehmen.
Ich nahm Euch um geringes Zehrgeld mit,
Ihr könnt's nicht anders sagen – Nun, wie steht's?
Habt Ihr den Schutz gefunden in Burgund,
Den Ihr gehofft?

Rosamunde.   Mein guter Freund, ach nein!
Ich traf die Muhme todt, in deren Haus
Ich meinen Unterhalt zu finden glaubte.

Schiffer. Und seid Ihr sonst ganz unbekannt in Arles?

Rosamunde. Ganz fremd.

Schiffer. Was wollt Ihr thun?

Rosamunde. Ich weiß es nicht.

Schiffer. Nun seht, wir laden uns're Waaren ab,
Und setzen sie 'gen and're Waaren um,
Dann kehren wir zurück nach Famagusta.
Ich denke mir, Ihr seid nicht sehr bei Geld;
D'rum seid mein Gast, so lang' wir hier verbleiben,
Ihr könnt dafür mir Schreiberdienste leisten;
Und habt Ihr weiter keine Aussicht hier,
Nehm' ich dann wieder Euch mit mir nach Hause.

Rosamunde. Nach Famagusta wieder! Nimmermehr!

Schiffer. Nun, wie ihr wollt! Allein bedenkt es wohl;
Ihr seid so schüchtern, jung und unerfahren,
Ihr werdet nicht Euch in die Fremde schicken;
So junges Blut verdirbt in weiter Welt.
Ich hab' nun einmal das Gemüth zu Euch,
D'rum bitt' ich Euch, denkt meinen Antrag nach.
Lebt wohl! Ihr wißt, wo ich zu finden bin.

Rosamunde *(allein)*.
Die Muhme todt und ich bin hier verlassen!
Doch besser als zu Hause, als im Kloster.
Entfloh ich nicht, jetzt hielten mich die Arme
Des schnöden, ungeliebten Gatten, oder
Die trostlos düstern Mauern mich umschlossen. –
Was aber will ich hier? – Kann ich mir's läugnen?
In meinem Herzen lebt ein stilles Hoffen,
Daß Kund' ich hier von Fortunat erlange.
Es hieß, sein Herr, der Graf, zog nach Burgund;
So muß er hieher auch nach Arles kommen,
Und war er hier, erforsch' ich seine Spur. –
's ist Markt. Ich will mich unter's Volk hier mischen.
Wohl tausend Mal wollt' ich die Frage thun:
Kennt Ihr den Grafen nicht von Flandern, Herr?
Nicht seinen jungen Knappen, Fortunat? –
Doch hielt des Herzens Pochen mich zurück.

Jetzt aber will ich einmal etwas wagen –
Den Ersten, der mir Stand hält, keck befragen.

(*Sie geht dem Markte zu*).

Fünfte Scene.

Rosamunde. Fortunat (in andern Kleidern), Robert, David und Bertha (treten im Vordergrunde auf.)

Fortunat. Wie sehr entzückt mich Eure Bekanntschaft,
Mein wack'rer David, mein verehrter Robert!
Wie freundlich kamt dem Fremdling Ihr entgegen,
Ich weiß nicht, wie ich Euch's genügend danke.

Robert. O, Ihr beschämt uns! doch Ihr lohnt uns reich,
Wenn Eure Freundschaft Ihr für uns're gebt.

Fortunat. Nehmt Hand und Herz, Ihr findet Beides offen.

David. Ihr seid ein tücht'ger Junge, Fortunat.
So ritterlich, so munter und so – hübsch.
Sagt, Base Bertha, ist's nicht wahr? – Ihr lächelt?
Das heißt: wir nehmen euch in Gnaden auf.

Bertha. O schweigt doch, Vetter!

Fortunat.   Ihr beschämt das Fräulein.

Robert. Er ist ein bischen vorlaut, müßt Ihr wissen.

David. Ei was! Ich habe meine Freude d'ran,
Wenn sich ein hübsches Paar zusammen findet.

Bertha. Wir wollten ja den Markt beseh'n.

David.   Ei freilich!
Gebt ihr den Arm, Herr Fortunat.

Fortunat*(zu Bertha).*   Erlaubt Ihr –?

Bertha. Kommt nur, daß wir dem Spötter da entgeh'n.

Fortunat*(für sich).*
Das holde Mädchen! Wie so zart und schüchtern!

(*Sie nähern sich den Buden.*)

David*(singt).*
»Das ist die alte Weise!
Mit Speck fängt man die Mäuse.«

Robert. Ei David, so benimm dich doch vernünftig!

David. Die Kehle ist mir trocken, und so sprudeln
Verkehrte Redensarten mir heraus;
Ich dürste schon den ganzen Morgen, Schatz,
Gib mir zu trinken, und ich spreche Weisheit.

Robert. Vorsichtig nur! – Da kommt Herr Fortunat.

Fortunat*(eine goldene Kette in der Hand, zu Bertha).*
Verschmäht Ihr die geringe Gabe, Fräulein?

Bertha. Sie ist zu kostbar, d'rum verschmäh' ich sie.

David. Was gibt's denn?

Fortunat.　　　　　　Seht, dies gold'ne Kettlein wählt' ich,
Weil es dem Fräulein wohl gefiel, sie aber
Erweist mir nicht die Ehr', es zu behalten.

David. Warum nicht gar!

Bertha.　　　　　　Der Ritter kennt mich kaum –

Fortunat. Zur Marktzeit pflegt man Freunde zu beschenken.

Bertha. Wenn Ihr es so nehmt –

David.　　　　　　Könnt Ihr auch es nehmen!

Bertha. Nun wohl! So bleib' ich Eure Schuldnerin.

Fortunat. Daß Ihr so lang es bliebt, bis ich Euch mahnte!

Rosamunde*(die indessen hinzugetreten).*
Mein Herr –

David.　　　　　　Was will das Bürschchen?

Rosamunde*(zu Fortunat).*　　　　　　Herr –

Fortunat.　　　　　　Was soll's?

Rosamunde*(stockt, da sie ihn betrachtet).*
Kennt Ihr nicht –? Kennt Ihr nicht –?

Fortunat.　　　　　　Wen soll ich kennen?

Rosamunde*(bei Seite).*
Ist er's? – Er ist's!

Fortunat. Was suchst Du?

Rosamunde. Was ich suche? –
Herr, einen Dienst.

Fortunat. Ich suche einen Diener;
Das trifft sich gut. Willst Du mein Diener sein?

David. Was fällt Euch ein? Der Knirps ist nicht zu brauchen.

Bertha. Im Gegentheil, der Knabe scheint gewandt,
Und mir der Ehre würdig, Euch zu dienen.

Fortunat. Da Ihr das Wort ihm sprecht, nehm' ich ihn auf.

David. Nun meinetwegen! Wart dort hinten, Kleiner! –
Hört doch! Wir wollten ja zusammen speisen.

Fortunat. Ich bin's zufrieden, darf den Wirth ich machen.

David. Gut! Und ich will der Speisemeister sein.

Fortunat. Dann bitt' ich Euch, bestellt das Feinste, Beste.

David. Sorgt nicht! Ich werde tüchtig schüsseln lassen.
Komm', Robert.

Bertha. Vetter, nehmt mich mit. Ich will
Mich in der Stube mit dem Kettlein schmücken.

Fortunat. Doch kehrt bald wieder.

David. Freilich! Kommt nur, kommt!

(Robert, David und Bertha gehen ab. Fortunat geleitet sie.)

Sechste Scene.

Rosamunde. Dann Fortunat. Käufer und Verkäufer.

Rosamunde*(für sich).*
Wer ist die Dirne, die in's Ohr ihm lispelt?
Ich steh' und staune, weiß mich nicht zu fassen!
Das ist nicht mehr der Jüngling Fortunat!
Er sieht so kühn, als wär' er Herr der Welt!
Doch kann ich mich nicht freu'n des Widersehens.

Er kennt mich nicht? – Ich bin wohl sehr verändert!
Die Farbe, die mein Antlitz künstlich deckt,
Die Zeit, das Kleid, und das verschnitt'ne Haar,
Sie lassen keine Spur von Rosamunden.
Doch müßte mich der Jugendfreund erkennen,
Wenn nicht ein and'res Bild die Seel' ihm füllte –

    Fortunat*(zurückkommend)*.
Wie mir das holde Mädchen zugelächelt!
So süßverschämt! Es ist gewiß: sie liebt mich.
Ich schwimm' in einem Meer von Glück und Wonne.
(Zu Rosamunden.)
Du bist noch hier? Nun, hast Du dich bedacht?
Willst Du mein Diener sein?

    Rosamunde.   Ich Euer Diener?
Ihr habt mich ja noch nicht recht angeseh'n.

    Fortunat. Das Fräulein lobte Dich: das ist genug.

    Rosamunde*(bei Seit)*.
So? Gut. Noch geb' ich mich nicht zu erkennen.

    Fortunat. Hier nimm das Handgeld.

    Rosamunde.   Herr, Ihr gebt mir Gold.

    Fortunat. Ei, nimm es nur.

    Rosamunde.   Dank, Herr. *(Bei Seite.)* Ist er so reich?

    Fortunat. Du sollst von guten Tagen sprechen können!
Doch mach' mir Ehre, sei geschickt, gewandt.
Geh' jetzt hinein und nimm den Wirth bei Seite,
Heiß ihn, das Mahl so kostbar zu bestellen,
Als er es schaffen kann. Nimm Geld, bezahl' ihn,
Und bei der Tafel magst Du uns bedienen;
Sei artig gegen alle Gäste, doch
Zumeist dem Fräulein zeige dich ergeben.

    Rosamunde. Dem Fräulein?

    Fortunat.   Ja doch!

    Rosamunde.   Herr –

Fortunat. Was willst Du noch?

Rosamunde. Ich hab' Euch etwas zu vertrauen.

Fortunat. Später!
Jetzt thu', was ich befahl. Nur fort!

Rosamunde. Ich gehe.
(Für sich, im Abgehen.)
Das fehlte noch! Er ist in sie verliebt!
Geduldig werd' ich das nicht lang mit anseh'n.
(Ab.)

Fortunat*(allein).*
Göttin Fortuna, sei mir hoch gepriesen!
Was führt' ich doch bisher nur für ein Leben!
Wie ekel, kahl und schaal, wie ganz erbärmlich!
Begreife kaum, wie ich's ertragen konnte.
Die Jugendlust, der Lebens-Ueberfluß,
Sie schäumten mir vergebens in den Adern;
Daß ich nicht Mangel litt, war mein Genuß,
Und täglich mußt' ich mit dem Schicksal hadern;
Doch seit mir lächelte das holde Glück,
Bringt neue Lust ein jeder Augenblick,
Die Menschen scheinen, ohn' es klar zu wissen,
Dem Glückskind ihre Herzen aufzuschließen;
Die Freundschaft kommt auf halbem Weg entgegen,
Und Liebe labt mich bald mit stillem Segen!

Siebente Scene.

Fortunat. Robert. David. Bertha und Rosamunde. Diener (die den Tisch decken).

David*(im Auftreten singend).*
    Heissa, lustig, immerzu,
    Goldne Flasche, ich und Du! –
Nun setzt Euch, Kinder, setzt Euch! – Tischlein deck' Dich
Im Freien sitzt und schwatzt und trinkt sich's besser.
Kommt, Base! – Fortunat! Dann ich, *(zu Robert)* dann Du.
(Setzen sich.)
So. Nun ist's recht Jetzt aber füllt die Gläser.

(Zu Rosamunden.)
Du, Knirps, wie heißest Du?

Rosamunde.   Ich? Proteus, Herr.

David. Gut. Proteus, schenk' 'mal ein! – Mein Fortunat,
Dir trink' ich's zu. Auf Du und Du!

Fortunat.   Mit Freuden. –
Ihr seid so still und sinnend, holde Bertha?

Bertha. Es ist so meine Art.

David.   Proteus, schenk' ein.

Fortunat*(zu Bertha)*.
Wer weiß, worauf Ihr sinnt.

Bertha.   Worauf? Was meint Ihr?

Fortunat. Ich meine – *(spricht leise mit ihr.)*

Rosamunde*(die sich immer hinter Berthas Stuhl hält)*.
                    Ei, er läßt nicht ab von ihr.

David. Proteus, schenk' ein.

Rosamunde.   Gleich, Herr. – Das ist ein Wein-
schlauch!

Bertha*(zu Fortunat)*.
Ihr irrt! Mein Herz blieb frei, bis diese Stunde.
Doch hört! Ich möchte das Geschenk vergelten;
Ihr tragt da ein altmodisch Wehrgehäng.

Rosamunde*(für sich)*.
Jetzt geht es an mein Wehrgehäng!

Bertha.   Es ist wohl
Von lieber Hand?

Fortunat.   Nicht also, wie Ihr meint.
Es ist von einer Art von Jugendfreundin.

Rosamunde*(für sich)*.
Von einer Art?

Bertha.   Darf ich ein neues sticken?

Fortunat. Es wird mein liebster Schatz sein.

Rosamunde*(für sich).*   Seht doch! Wirklich?

David. Du, Proteus, schenk' 'mal ein.

Robert.   Schon wieder? Laß doch!

David. Ei, jener hat sein Mädchen, ich mein Glas.
Soll ich vernünftig sein, so muß ich trinken,
Soll ich nicht trinken, laßt ein Spiel uns machen.

Robert. Ein Spiel? Was für ein Spiel?

David*(indem er Würfel und Becher hervorlangt).*   Ein Würfelspiel.

Robert. Je nun! Zum Spaß. Was meint Ihr, Fräulein Bertha?

Bertha*(zu Fortunat).*
Wenn Ihr's zufrieden seid –

Fortunat.   Es gilt mir gleich,
Bin ich in Euerer Gesellschaft nur.

David. Nun denn, her mit den Batzen! Hier mein Goldstück.

Fortunat. Und hier für mich und meine Nachbarin.

Wir theilen den Gewinn. *(Wirft.)* Sechs!

David*(wirft).*   Zwölf! – Verloren. –
Verdoppelt?

Fortunat.   Das versteht sich.

Bertha.   Nicht doch, Ritter!
Ihr habt kein Glück.

Fortunat.   Kein Glück! Ihr kennt mich schlecht;
Laßt Euch das bischen Geldverlust nicht grämen,
Es kommt in Freundes Hand.

David.   Du gold'ner Junge!
Gleich munter im Verlust, wie im Gewinn.
So hab' ich's gerne. Proteus, schenk' 'mal ein.
(Schüttelt die Würfel.)
Vorwärts! Courage! *(Sie würfeln.)*

Rosamunde*(für sich).*   Länger schweig' ich nicht.
Sie nehmen ihm sein Geld ab – ich muß reden.

Achte Scene.

Vorige. Vasko (mit bewaffneten Leuten).

Vasko. Halt! Hier ist Station. Bleibt ruhig steh'n,
Ihr Helden, denn der Herzog will Euch mustern.
He, einen Schoppen Wein! *(Nähert sich dem Tisch.)*
                    Ei, Ihr da, Robert!

Robert. Seid mir gegrüßt.

Vasko.   Auch David?

David.   Grüß' Euch, Vasko!
Macht Ihr ein Spielchen mit?

Vasko.   Ein Spiel? Du Dummbart!
Jetzt ist nicht Zeit zum Spielen, jetzt gilt's Ernst.
Was glotzt er mich so an und meinen Harnisch?
Siehst Du die Helden dort? Der Krieg ist los!

Robert. Krieg?

Vasko.   Ja, mit den Normannen.

Robert.   Dacht' ich's doch!

Vasko. Der Herzog läßt im ganzen Lande werben,
Doch fehlt es so an Führern als Soldaten.
Da klaubt' ich denn die Leute hier zusammen
Auf gutes Glück; wenn uns der Herr bezahlt,
So schlagen wir in Gottes Namen d'rein.

Fortunat*(zu Vasko).*
Sagt, werther Herr, soll's einen Kriegszug gelten?

Vasko*(mißt ihn).*
Ja, junger Mensch. *(Leise zu Robert.)* Den Burschen nehm' ich mit,
Der hat den rechten Bau, die derben Glieder.
(Trommeln hinter der Scene.)
Hört Ihr? Da kommen schon des Herzogs Boten;
Er selber naht, um in den Dom zu gehen.

(Glockengeläute. Die Buden werden geschlossen. Volk versammelt sich im Hiutergrunde).

David*(trinkt und singt).*
Die Kriegsdrommete klingt – o weh! es kommt der Tag,
Wo man zum letzten Mal in's Wirthshaus gehen mag. –
Proteus, schenk' ein –

Neunte Scene.

Vorige. Trabanten, dann der Herzog, Ritter Colbert, Agrippina (in Harnisch und Helm), gehen über die Bühne.

Volk. Es lebe unser Herzog!

(Das Volk verläuft sich nach und nach.)

Zehnte Scene.

Fortunat. Robert. David. Bertha. Rosamunde, Vasko (mit Gefolge).

Fortunat*(der indessen aufgestanden).*
Wer war die Dame?

Vasko. Unsers Herzogs Schwester,
Die stolze Dame Agrippina.

Fortunat. Stolz?
Das ist sie, ja! Und edel, so wie stolz!
Wie herrlich ihr der Helm vom Haupte strahlte,
Der Panzer ihren schlanken Leib umfloß!
Sie schien zugleich Diana und Bellona!
Für sie zu kämpfen müßte herrlich sein.

David. Sei klug! Bedenk': der Mensch hat Arm und Bein:
Ich gehe, um die meinen zu salviren. *(Steht auf).*

Robert*(ebenso).*
Auch ich, bevor des Herzogs Werber nah'n.
(Zu Fortunat).
Komm' mit uns.

Fortunat. Wie? Ihr kämpft nicht für den Herzog?

Robert. Was fällt Dir ein?

David. Ich trink' auf guten Ausgang.

Fortunat. Verächtlich scheint mir das.

Robert. Wie's Euch beliebt.
Bertha, kommt mit! – Lebt wohl, mein edler Junker.

Bertha. Lebt wohl, kommt aus dem Krieg gesund zurück.

Robert. Ja, und macht Beute.

Bertha. Und dann würfelt wieder.
(Mit Robert ab).

David. Leb' wohl, mein lieber Junge! Du gefällst mir,
Bis auf Dein lächerliches Heldenwesen.
Drum folge mir und bleibe fein zu Haus;
Was hast Du, wenn sie Dich wie einen Hasen hetzen,
Das Wamms, und obendrein die Knochen Dir zerfetzen?
Schlag' zu, schlag' zu, ich bleibe fein,
Vom Kriege fern, beim Glase Wein.
(Singend ab).

Eilfte Scene.

Fortunat. Rosamunde. Vasko (und sein Gefolge).

Vasko *(der sich an den Tisch gesetzt und trinkt).*
Gemeines Volk!

Rosamunde *(bei Seite).* Weil sie nur wieder fort sind!

Fortunat *(für sich).*
Wie Schuppen fällt's mir plötzlich von den Augen!
Wie hab' ich fast des Ruhmes ganz vergessen!
Mit welchem Volk hab' ich mich da vermengt:
Mit Trinkern und mit Spielern, eklem Pöbel!
Und diese Dirne, wie so gar nicht gleicht
Sie jenem holden, kühnen Fürstenmädchen!

Vasko. Hört, Junker! Auf ein Wort!

Fortunat. Was gibt's?

Vasko. Wollt Ihr
Euch denn nicht werben lassen?

Fortunat. Hm! Von Euch?
Ihr seht nicht aus, als ob Ihr Handgeld zahltet.

Vasko. Da habt ihr Recht! Zahlt Ihr, könnt Ihr mich werben.

Fortunat. Es gilt! Da habt Ihr Geld. *(Wirft ihm einen Beutel zu).*

Vasko*(springt auf).* Wie? Pures Gold?
Da habt Ihr mich mit Leib und Seele, Herr!
Hier meine Truppen! Tapf're Leute sind's;
Ich zog sie aus den Wäldern und den Höhlen,
Wo sie von Wurzeln und vom Schlamme lebten;
Sie sind vortrefflich exercirt im Hungern.
Sagt nur, wohin wir zieh'n? Für oder gegen
Den Herzog von Burgund: das gilt mir gleich.

Fortunat. Der Herzog ist ein tapf'rer Kriegesheld,
Wie ich vernahm, und jetzt in Noth; darum,
Ist's ihm genehm, führ' ich die Schaar ihm zu.
Versorgt mit Waffen sie! Ich will sie üben.

Vasko. Sehr wohl, mein edler Herr.

Rosamunde*(bei Seit).* Nun zieht er in den Krieg!

Vasko. Doch, Herr, verzeiht! Habt Ihr's bedacht? Der Krieg
Ist gar ein theures Handwerk.

Fortunat. Ohne Sorge!
An Gelde wird es nimmermehr uns fehlen.

Vasko. Ei, da erobern wir die ganze Welt. –
Doch still! Da kommt der Herzog. – Ihr müßt wissen,
Er hält ein Stück auf mich. Ich präsentir' Euch.

Zwölfte Scene.

Vorige. Der Herzog, Agrippina, Colbert und Gefolge kommen zurück.

Vasko*(dem Herzog entgegen tretend).*
Mein herzoglicher Herr und Gönner!

Herzog. Vasko!
Was bringst Du Gutes?

Vasko.   Einen Rudel Helden,
Und ihren Führer, Herr.

Fortunat.   Schweig'! – Edler Herzog,
Vergönnet mir, dem Fremdling, Euch zu dienen.

Herzog. Wer seid Ihr, junger Mann?

Fortunat.   Mein Name, Herr,
Ist nicht an mir das Beste: Fortunat
Aus Cypern, eines Ritters Sohn, begierig
Nach einem Rittersporn in Euerm Dienst.

Herzog. Seid Ihr versucht im Krieg?

Fortunat.   Zwar nur im Scherzspiel,
Doch sehn' ich mich schon längst nach ernstem Kampf.

Herzog. Sind diese Leute Euer?

Fortunat.   Ja, mein Herzog!
Auf meine Kosten unterhalt' ich sie.

Herzog. Auf Eure Kosten?

Fortunat.   Wenn Ihr es vergönnt.

Vasko*(leise zum Herzog).*
Laßt ihn nicht los, der junge Mensch hat Batzen.

Herzog. Nun denn, Herr Fortunat aus Cypern, sei's!
Ihr mögt mir unter Ritter Colbert dienen.

Fortunat. Dank, gnäd'ger Herzog! Ist das Glück mir hold,
So hoff' ich, daß Ihr bald mich loben sollt.

Agrippina. Versprecht nur nicht zu viel.

Herzog.   Nicht also, Schwester!
Ihr macht ihn mir eröthen.

Fortunat.   Weil ich nichts
Gethan, um Eurem Spotte zu begegnen.

Agrippina. Zwingt mich, Euch abzubitten.

Fortunat.   So erlaubt mir,
Daß Eure Farb' ich trage, Fräulein.

Agrippina(*gibt nun eine Schleife*). Nehmt sie,
Doch laßt sie auch bei Ehren.

Fortunat. Uns're Fahne
Sei dieses Band, und knüpft sich nicht der Sieg
An dieses fröhlich flatternde Panier,
So siehst Du mich nicht lebend mehr vor Dir.

Agrippina. Kämpft Ihr so gut mit Waffen wie mit Reden,
Wird der Normann sich scheu'n, uns künftig zu befehden. –
Kommt, Colbert!

Herzog(*zu Fortunat und Vasko*). Seid entlassen!

Vasko(*zu seinen Leuten*). Salutirt!

(*Herzog, Agrippina, Colbert und Gefolge ab*).

Dreizehnte Scene.

Fortunat. Rosamunde. Vasko mit seinen Leuten.

Fortunat. Ha, stolze Schönheit, höhnende, Du sollst
Abbitten mir fürwahr! – He, Du da!

Vasko. Herr?

Fortunat. Was stelltest Du für Volk mir auf die Beine,
Zerlumptes und verhungertes Gesindel,
Als käm's vom Galgen oder aus dem Spittel?
Der Vogelscheuchen mußt' ich ja mich schämen.

Vasko. Ei, Vogelscheuchen? Herr, es sind Gascogner,
Mit schlechten Röcken zwar, doch biederm Herzen.

Fortunat. Gut, gut! Mach' fort! Steck' sie in Kleider!
Zu Menschen mache sie der Schneider,
Die Waffen lehr' ich selbst sie führen.

Vasko. Ihr Jungens, kommt! Jetzt heißt's marschiren.
Auf! Füße auswärts! – Langsam! – Wie das rennt!
Bedenkt: Ihr seid nun Vasko's Regiment.

(*Ab mit den Leuten.*)

Vierzehnte Scene.

Fortunat. Rosamunde.

Fortunat*(für sich, ohne auf Rosamunden zu achten).*
Wie hat jene Heldenjungfrau
Tief erschüttert meinen Sinn,
Daß ich plötzlich aus dem Traume
Wie erwacht zum Leben bin!
Mög' ein günstiges Geschick
Meine Erstlingswaffen segnen,
Um mit Ruhm und Kriegesglück
Ihrem Spotte zu begegnen.
Wenn die Siegeslieder schallen,
Dann wohl nimmt von mir sie Kunde;
Selig wär' es selbst, zu fallen,
Doch beklagt von ihrem Munde.
Was ist Reichthum, was Genießen?
Thor, wer solche Freuden preist!
Erdengüter, sie zerfließen,
Ewig nur ist Kraft und Geist.
Himmlisch ist der Schönheit Blüthe,
Die die Seele uns erregt,
Und aus kräftigem Gemüthe
Den verborg'nen Funken schlägt.
So auch fühl' ich's in mir gähren,
Mich beleben, mich verzehren;
Ohne Ruhe ist mein Sinn,
Bis ich zeigte, was ich bin,
Bis der Ruhm mich preisend nannte
Auf dem weiten Waffenfeld,
Bis das stolze Weib bekannte:
Ja, er ist ein Mann, ein Held!
(Ab.)

Rosamunde*(allein, die sich bemühte, sich ihm bemerkbar zu machen).*
Bin ich ihm denn gar nichts werth?
Nun sitzt er auf dem Steckenpferd!
Allein was soll nur ich dabei? –
Es ist mir nun schon Einerlei!
Ich ziehe lieber mit ihm in die Schlacht,

Daß er nicht gar zu tolle Streiche macht.
(Ab.)

Dritter Act.

Erste Scene.

(Lager. Trommeln.)

    Krieger*(hinter der Scene).*
Heil Fortunat!

Fortunat, Agrippina (beide gerüstet), Rosamunde und Soldaten (treten auf).

    Fortunat.   Der Sieg ist unser, Fräulein.

    Agrippina. Durch Euch erkämpft.

    Fortunat.   Durch Euch, durch Eure Nähe!
Leicht ist der Sieg, belohnt ihn Euer Lächeln.

    Agrippina. Ihr spottet mein. Ich hielt mich sonst für stark,
Allein ich fühl's, ich bin ein Weib, bin schwach.
In's Kriegsgetümmel wagt' ich mich zu kühn,
Die Schaar erfaßte mich, als sich're Beute,
Da ward das Schwert zum Blitz in Eurer Hand,
Und fraß die Feinde rings die mich bedräuten;
Euch dank' ich Sieg und Freiheit, Euch allein.

    Fortunat. Von dieser Stunde zähl' ich erst mein Leben!

    Agrippina. Ihr trugt mich auf dem Arm, Herr Fortunat –
Wie? Oder ist's nicht so?

    Fortunat.   Ich trug mein Glück.

    Agrippina. Noch lag ich nie in eines Mannes Arm –

    Fortunat. Vergebt! Allein Ihr wanktet –

    Agrippina.   Mußt' ich wanken!
Ich lag in Euerm Arm, und muß es Euch noch danken. –
Wo ist mein Bruder? Sah den Herzog Jemand?

    Fortunat. So eben naht er.

Zweite Scene.

Vorige. Der Herzog mit Gefolge (tritt auf).

Herzog. Schwester!

Agrippina. Theurer Bruder!

Herzog. Du bist gerettet, frei, bist unversehrt,
Der Sieg ist unser! O welch reiches Glück,
Und welch ein glücklich abgewendet Unglück!
Nur Eine Wolke trübt den heitern Tag:
Der tapf're Colbert fiel.

Agrippina. Fiel?

Herzog. Schwer verwundet;
Doch im Verluste ward uns der Ersatz.
(Auf Fortunat deutend.)
Der tapf're Jüngling ist nun unser Colbert.
Er hat der Leitung sich der Schlacht bemeistert,
Er hat, mir ward's gekündet, Dich befreit;
Zumeist gebühret ihm des Tages Ehre. –
Knie' nieder, Fortunat. Du hast bewiesen
So Muth als Klugheit und getreuen Sinn;
D'rum heiße, was Du bist: ein edler Ritter. –
Steh' auf, umarme mich.

Fortunat. Mein Herr und Fürst!

Herzog. Sei unser Unterthan, wenn Dir's gefällt.
Die Güter, die Du angekauft, sind Dir
Verbrieft durch meinen Kanzler, und Du magst sie
Gleich andern Edelleuten frei besitzen.

Fortunat. Vergebt, mich läßt mein Glück nicht Worte finden.
Der Reichthum Eurer Gunst macht meinen Dank
Zum stummen Bettler, der mit Thränen dankt.

Herzog. Sprich nicht von Dank! Wir sind in Deiner Schuld. –
Schwester, Du schweigst? Du sagst dem neuen Ritter
Kein freundlich Wort?

Agrippina. Ich bitt' Euch ab den Spott,
Womit ich jüngst Euch schwer verletzt, vergebt mir.
(Reicht ihm die Hand zum Kusse.)

Fortunat. O überschwenglich sel'ger Augenblick!

Herzog. Herr Fortunat, erhaltet Euer Lager;
Wachsame Vorsicht sich're uns den Sieg.
Wir kehren an den Herzogshof zurück,
Der künftig wie dem Freund, Euch offen steht.
Ihr Alle auf!

Fortunat.   Vergönnt, Euch zu geleiten.

(Herzog, Agrippina und Fortunat mit Gefolge ab).

Dritte Scene.

Rosamunde (allein). Dann Fortunat.

Rosamunde. Ich weiß nicht, ob ich träume, ob ich wache?
Der Fortunat ist reich als wie ein König,
Er siegt in einer Schlacht und er verliebt sich
Zum Ueberfluß in eines Fürsten Schwester. –
Das muß ich Alles seh'n und darf nicht sprechen! –
Darf nicht? – Nein, kann nicht, will nicht! – Doch ich bin
Wohl ungerecht. Er kennt nicht meine Liebe,
Ich wies ihn ja zurück – soll er mir treu sein?
Was hält mich denn nur ab, mich zu entdecken?
Er spielt hier, scheint es, ein gefährlich Spiel;
Ich will ihm sagen, wer ich bin, ihn warnen –
Liebt er mich noch, dann läßt er Hof und Glanz,
Kehrt mit mir nach der Heimath, und erfleht
Vergebung meines Vaters. – Still! Er kommt!

Fortunat*(auftretend.)*
O Brust, zerspringe nicht vor süßer Wonne,
Ihr Pulse meines Lebens, haltet aus,
Erstarkt Euch für den Wachsthum meines Glücks,
Und lernt der Wonne Ueberfluß ertragen.
Als ich die Hand demüthig ihr geküßt,
Da drückte sie mit sanftem Druck die meine;
Und ihre Augen lächelten dabei,
Die stolzen Augen blickten fromm wie Lämmchen,
Und schämten sich, daß sie nicht stolz mehr schau'n,
Und nicht mehr herrschen konnten so wie sonst;
Und Thränen stahlen leise sich hervor,
Herolde der erwachten Weiblichkeit,

Und bargen, kaum entdeckt, als wär's zur Unzeit,
Zurückgezwängt sich hinter'm Schloß der Wimpern.
O wie so herrlich ist ein feuchtes Auge,
Wenn es der Lieb' Erwachen uns verkündet,
Und all' die tausend Freuden reicher Zukunft
In Einem Augenblick die Brust durchschauern! –
Ha, Proteus, Du mein Knabe, bist du hier?
Sei munter und nimm Theil an meinem Glück;
Du sollst Dich mit mir freuen, sollst genießen
Das junge, reiche, freuden-blüh'nde Leben.
Du bist so still und sinnend – sprich, was fehlt Dir?
Verlangt Dein Herz nach Gold? Nimm es in Fülle!
Sei rasch im Nehmen, so wie ich im Geben.

 Rosamunde. Ich dank' Euch, Herr, Ihr wißt, mich lockt kein Gold.

 Fortunat. Dein Sinn ist zart und edel, aber düster;
Ich lieb' es nicht, wenn frische Jugend trauert.
Sprich, was dir fehlt. Hat Jemand dich verletzt?
Du sollst, von jenen rohen Knechten fern,
In Zukunft nur in meiner Nähe sein.
Wie? Oder quält Dich wohl ein and'rer Schmerz?
Ein Liebesleiden? Hab ich es errathen?

 Rosamunde. Ach ja!

 Fortunat.   Dafür magst Du dem Himmel danken!
Der Liebe Leiden selbst sind süße Freuden.

 Rosamunde. Nicht immer, Herr! Oft gibt sie herbsten Schmerz.
Denkt Euch: mein Lieb' ward treulos.

 Fortunat.   Armer Knabe!

 Rosamunde. Solch Ungemach habt Ihr wohl nie erfahren?
Vielleicht verursacht?

 Fortunat.   Ich? Wie meinst Du das?

 Rosamunde. Ich mein', Ihr kommt aus fernen Landen her,
Wer weiß, wo sich um Euch ein Mädchen grämt.

 Fortunat. Um mich? O nein.

Rosamunde. So hattet Ihr kein Liebchen?
Nicht in der Heimath? Oder anderswo?

Fortunat. In meiner Heimath? Ja, mein holder Knabe,
Dort hatt' ich wohl ein Lieb.

Rosamunde. Seht Ihr? Erzählt mir doch –

Fortunat. Mit einem lieben Mädchen wuchs ich auf,
Wir waren uns einander Spielgenossen,
Und in die Spiele mischte sich die Liebe,
Doch war sie kindisch, so wie unser Spiel.
Seitdem ward meine Seele reif und männlich,
Doch denk' ich gern und oft an jene Zeit,
An jene unschuldvollen Kinderscherze.

Rosamunde. Euch war's ein Scherz? Dem Mädchen war's wohl
mehr!

Fortunat. Nicht doch! Sie machte sich nicht viel aus mir,
Sie hielt mich kurz. Als ich die Stadt verließ,
War sie 'nes Andern Braut, ist jetzt wohl seine Frau,
Und denkt nicht weiter an den Spielgenossen.

Rosamunde. Wer weiß, ob sie ihr Lieben nicht verbarg,
Wer weiß, ob nicht ihr Herz, zu spät erwacht,
Erst durch der Trennung Schmerz sich selber klar,
Jetzt nach dem fernen Freund vergebens schmachtet.

Fortunat. Was sprichst Du da? Sie denkt nicht mehr an mich.
Mir selber hat ein and'res hohes Bild
Der Freundin holde Züge fast verwischt,
Daß sie, ein bleicher Mond, hinab in's Meer
Der fluthenden Vergangenheit entschwindet;
Dort aber glänzt die Morgensonne her,
Die eines neuen Lebens Glanz verkündet.

Rosamunde *(für sich).*
Hast Du's gehört? Da hast Du Deinen Abschied.

Vierte Scene.

Vorige. Vasko.

Vasko. Da bin ich, Herr. Heil Euch! Das war ein Sieg!
Krieg' ich die Taschen voll, das ist der wahre Krieg.
Zum Ruhm des Ganzen halfen meine Leute:
Ihr schlugt den Feind, wir machten Beute.

Fortunat. Im Stehlen sind sie brav, das muß man sagen! –
Doch höre, Vasko, eh' die Schlacht begann,
Gab ich dir einen Auftrag.

Vasko.   Herr, 's ist nichts.

Fortunat. Wie, nichts?

Vasko.   Erlaubt! Ich wies Euch einen Schmuck,
Den jüngst ein Kaufmann uns'rer Fürstin bot;
Ihr fandet das Geschmeide schön und reich,
So hat es auch die Herzogin gefunden.

Fortunat. Sie kauft' es wohl?

Vasko.   Sie kauft' es? Ja, womit?
Das Gold ist etwas rar an unserm Hof,
Auch heischt der Händler eine jüd'sche Summe.

Fortunat. Was heischt er denn?

Vasko.   Erschreckt nicht, Herr. – Zehn tausend
Ducaten.

Fortunat.   Weiter nichts? Ein wahrer Bettel!

Vasko. Ein Bettel?

Fortunat.   Bring' den Kaufmann in mein Zelt.
Zahl' ich ihn baar, so gibt er gleich den Schmuck?

Vasko. Und gratis gibt der Mann *sich* in den Kauf.

Fortunat. So bring' ihn nur. Noch Eins! Ein Siegesfest
Soll sich im Haus, das ich gekauft, bereiten;
Besorge Du die Speisen und die Weine,
Zierrath und Teppiche, was sonst vonnöthen,
Auch Possenreißer müssen uns ergötzen,
Und Spielleut' und Musik, was nur zu haben.
Doch spare nicht dabei, nach Deiner Art!

Die Freude sei des Festes erster Gast,
Und die Verschwendung seine letzte Zierde. –
Du aber komm', mein Proteus, jetzt mit mir,
Ich will Dich dann mit einer Botschaft senden
Dahin, wo all' mein Trachten steht und Sinnen;
Was helfen mir des Glückes reichste Spenden?
Das Herz will sich das Köstlichste gewinnen!
(Ab mit Rosamunden.)

Vasko*(allein)*. Hab' ich noch Ohren? Ja. Und einen Mund dazu,
der gleichfalls offen steht, um den Ohren zu helfen, all' den Unsinn
einzufangen, den dieser junge Thor ausheckt. Was, er kauft einen
Schmuck, der der Herzogin von Burgund zu theuer ist? Er gibt ein
Fest, das der Herzog von Burgund, wenn er es gäbe, für jeden Fall
schuldig bliebe? Das geht nicht mit natürlichen Dingen zu. Der Narr
hat ohne Zweifel den Stein der Weisen gefunden, oder er ist ein
Sonntagskind, vielleicht der natürliche Sohn einer Fee, der seine
himmlische Appanage hier auf Erden verzehrt. Er hat sich in Dame
Agrippina vergafft. Das merkt ein Kind. Die soll ihm das Geheimniß entlocken. Und beichtet er nicht freiwillig, so wollen wir ihn ein
bischen einsperren, als Zauberer traktiren und ihm ein kleines
Scheiterhäufchen in der Perspective zeigen. – Warte nur, mein ge-
bieterisches Jüngelchen! Du sollst uns noch recht artig zu Kreuze
kriechen! *(Ab.)*

Fünfte Scene.

(Gallerie im herzoglichen Pallast.)

Agrippina. Dann der Herzog. Rosamunde.

Agrippina*(tritt auf).*
Kann ich es läugnen? Dieser schöne Jüngling
Hat durch sein männlich Wesen mich bezwungen.
Ich lieb' ihn! – Lieb' ihn? Wie man Blumen liebt;
Ich mag ihn gern in meiner Nähe dulden.
Doch er ist kühn – er trug mich auf dem Arm.
Der Frevler! Zwar er rettete mein Leben –
Doch hätt' er mich bescheid'ner tragen sollen.
Als ich ihm heut' die Hand zum Kusse reichte,
Da sah er mich so glüh'nden Blickes an,

Daß meine Augen sich mit Thränen füllten.
Ich weint' – aus Schaam, aus Zorn, doch nicht aus Liebe.
Was will der junge, neugebackne Ritter?
Wär' er ein Fürstensohn, an Stand mir gleich,
Wär's ihm vergönnt, um meine Hand zu werben,
Er könnte sich nicht Größeres erlauben.

Der Herzog und Rosamunde (Letztere mit dem Schmuck, treten auf).

Herzog*(zu Agrippina).*
Ein Bot' an Dich von Ritter Fortunat.

Rosamunde. Die Hälfte meiner Botschaft, gnäd'ger Herzog,
Betrifft auch Euch. Es bittet Euch mein Herr,
Ihr mögt Euch in sein nied'res Haus bemüh'n,
Dort mit den Edelleuten Eures Hofes
Das Siegesfest zu feiern.

Herzog.   Wohl, wir kommen.

Rosamunde. Euch, Herrin, hieß er dies mich überreichen,
Als eines Knechts Tribut. *(Gibt ihr den Schmuck.)*

Agrippina*(öffnet das Kästchen).*   Was seh ich? – Bruder!
Es ist das Diadem, um das wir feilschten.

Herzog. Fürwahr!

Agrippina*(zu Rosamunden).*   Beut uns Dein Herr dies zum Verkauf?

Rosamunde. Verzeiht mir, edle Frau, so viel ich weiß,
Herr Fortunat treibt nicht Verkauf und Handel;
Er bittet Euch, die Gabe anzunehmen,
Der Eure Hand, so spricht er, Werth erst gibt.

Herzog. Ei, dies Geschenk mag eine Fürstin nehmen,
Wenn es ein Fürst ihr gibt. Allein Dein Herr –
Wie käme der dazu, so reich zu schenken,
Und welche Gegengabe mag ihn lohnen?

Rosamunde. Wenn Eure Gegenwart sein Fest beehrt,
Fühlt er sich reich belohnt.

Herzog.   Was sagst Du, Schwester?

Agrippina*(zu Rosamunden).*
Wir werden kommen, künd' ihm, zu dem Fest.

Herzog. Und geh' voraus, mit unserm Dank beschwert.

Agrippina. Was starrst Du so mich an? – Nimm diesen Ring.

Rosamunde. Für meinen Herrn?

Agrippina. Nicht doch! Ein Botenlohn.

Rosamunde. Ich dank' Euch, gnäd'ge Frau und gnäd'ger Herzog.
(Ab.)

Sechste Scene.

Der Herzog. Agrippina. Dann Vasko.

Herzog. Die Gab' ist unbegreiflich, wie der Geber!

Agrippina. Und wie sie beid', unheimlich ist der Bote.

Herzog. Fast muß ich denken, dieser Fortunat
Ist mehr, als er sich gibt.

Agrippina. Was kann er sein?

Herzog. Vielleicht ein Fürstensohn, dem es gefällt,
Das Land nach Abenteuern zu durchzieh'n;
Wer weiß, beim Fest wirft er die Larve weg,
Nennt uns das Reich, dem er gebeut, und wirbt
Um meiner männerscheuen Schwester Hand.

Agrippina*(lacht).*
Ein Fürstensohn der Fortunat? Der Knabe!
Fürwahr, wenn er mit Scepter kommt und Krone,
Dann reich' ich ihm die Hand als sein Gemahl.

Vasko*(tritt ein).*
Mein gnäd'ger Herzog –

Herzog. Vasko! Eben recht!
Du siehst uns staunen über jenen Fremdling,
Den Du zuerst in uns're Nähe brachtest.
Wer ist er, und woher kommt ihm sein Reichthum?

Vasko. Ihr fragt mich mehr, als ich Euch sagen kann,
Und eben das, was ich Euch fragen wollte.
Habt Ihr ihn selber niemals denn erforscht?

Herzog. Wenn ich's versucht, wich er verlegen aus.

Vasko. So wißt: das ganze Land theilt Euer Staunen.
Er kam, als wie vom Himmel her geschneit,
Ein simpler Mann, nun hat er Haus und Hof,
Hält Diener und Trabanten und Vasallen,
Ja, rüstet sich beinah' ein kleines Heer.
Die Söldner *Eures* Heer's geh'n zu ihm über,
Weil die Canaillen nicht vom legitimen
Commißbrod leben wollen und sich seinen
Revolutionären Braten schmecken lassen.
Und seht nur, wie das Volk er haranguirt!
Wenn er spazieren geht, und ihm begegnet
Ein lump'ger Kerl und wünscht ihm guten Morgen,
Dem schenkt er gleich 'ne Hand voll von Ducaten.
Geht das so fort, was wird die Folge sein?
Die Bettler werden Euch im Lande fehlen,
Und Niemand läßt sich mehr zur Arbeit brauchen.
D'rum ist mein Rath: Ihr forscht ihn ernsthaft aus
Um seines Reichthums Quell', und setzt seiner Verschwendung
Durch eine tücht'ge Vormundschaft ein Ziel.

Herzog. Was wird es sein? Das Volk macht viel aus Nichts;
Vielleicht gesparte Mutterpfennige.

Vasko. Glaubt mir, sein Reichthum ist ein ander Ding,
Und nicht umsonst zerbricht man sich die Köpfe.
Die sagen: er ist ein Korsar, ein Räuber,
Der Reisende und Schiffe ausgeplündert;
Dann heißt's: er fand den Nibelungenhort
Im tiefen Grund des Rhein, den Zauberschatz;
Und And're nennen *selbst* ihn Zauberer,
Und diese Meinung scheint mir fast die klügste.

Herzog. Er feiert heut' ein Fest –

Vasko.   Mit Fürstenpracht!
Und uns're ganze Stadt nimmt Theil daran;

Verschwendung wär's, gäbt *Ihr* ein solches Fest.
Und sagt, wer ist's, der Fürsten es zuvorthut,
Und der zu Fürstinnen sein Aug' erhebt?
Denn wißt nur, Dame Agrippin', Ihr habt
Vor dieses Leckers Augen Gnade funden;
Er schwärmt für Euch, und nennt Euch seine Göttin.

Herzog. Wie kann er wagen –?

Agrippina. Er ist jung und thöricht –

Vasko. Bezähmet Euer Herz und zeigt ihm Milde,
Laßt Euer Ohr von seinen Seufzern kitzeln;
Vielleicht, daß Ihr in einer schwachen Stunde
Ihm das Geheimniß seines Reichthums ablauscht!

Agrippina. Ich sollt' ihn glauben machen –? Nimmermehr!

Herzog. Ja, Vasko räth Dir gut; auch ist's am Ende
Selbst uns're Pflicht, den Fremdling zu erforschen;
Das Fest gibt Dir dazu Gelegenheit.

Agrippina. Wohlan! Da Du es wünschest, will ich's thun.

Herzog. So komm', uns zu dem Feste zu bereiten.

Vasko. Zur Strafe eines Narr'n verbünden wir uns Alle;
Komm' nur hervor, Du Maus: der Speck hängt in der Falle.

(*Alle ab.*)

Siebente Scene.

(*Vorzimmer in Fortunat's Pallast.*)

Der Haushofmeister und mehrere Bediente (treten auf).

Haushofmeister. Macht hurtig! Vertheilt Euch in alle Gemächer.
Es sind schon Gäste da. Bedient sie mit kühlenden Getränken, aber
schüttet sie nicht an. Vorwärts! Marsch!

(*Die Bedienten ab.*)

Die Noth zwang uns, diese Banernlümmel in kostbare Klei-
der zu stecken, aber ich fürchte, wir werden mit ihnen nur
Schande aufheben. Es hat nicht Jedermann das Genie, einen
Bedienten vorzustellen. – Holla! Da kommt der gnädige

Herr. Ich will ihm nur aus den Augen, sonst fallen ihm noch hundert Dinge ein, die ich verrichten soll. *(Ab.)*

Achte Scene.

Fortunat und Rosamunde (treten ein).

Fortunat. Sprich! Nahm sie mein Geschenk in Gnaden auf?

Rosamunde. Sie nahm die reichen Perlen und Demanten
Gleichgiltig hin, als wär's ein Blumenstrauß.

Fortunat. An ihr hat Blum' und Demant gleichen Wert.
Und sie wird kommen?

Rosamunde.   Ja.

Fortunat.   Sie kommt! Sie kommt!
Auf der gewohnten Trepp', in diesen Zimmern,
Wird sie, die Herrliche, in Anmuth schreiten,
Und wird dies schlechte Haus zum Tempel weih'n. –
Sprach gnädig sie zu Dir?

Rosamunde.   Nicht eben sehr –

Fortunat. O jedes Wort von ihr ist eine Gnade. –
Woher hast du den Ring? Ich sah ihn nicht an Dir.

Rosamunde. Es ist der Botenlohn.

Fortunat.   Von Agrippina?

Rosamunde. So ist's.

Fortunat.   O gib! Ich gebe dir zehn Ringe.
Der Ring ist doch für dich nur Ring, nur Gold;
Doch ward der Ring von ihrem Finger warm –
Der kalte, daß er ausließ solche Wärme! –
Und darum gib ihn mir.

Rosamunde.   Verzeiht! Die Fürstin
Gab mir den Ring als Botenlohn.

Fortunat.   So laß
Mich ihn betrachten.

Rosamunde *(hält ihm die Hand hin).*   Seht Euch satt daran.

Fortunat. Laß mich ihn küssen.

Rosamunde.   O Ihr küßt den Finger!

Fortunat. Geadelt ist der Finger durch den Ring.

Rosamunde *(für sich).*
Wär Dir der Ring geadelt durch den Finger!

(Trompeten hinter der Scene.)

Fortunat. Das ist die Herzogin! Auf! Ihr entgegen!
(Ab.)

Rosamunde *(allein).*
Da stürzt er eilig seinem Götzen nach!
Wie eine Mücke fliegt er nach dem Licht –
Du wirst dir wohl die Flügel noch verbrennen. –
Was lockt ihn nur an dieser Frau? Laß seh'n!
Ihr Wuchs ist schlank – nun ja! Schlank bin ich auch.
Ihr Haar ist dunkel – nun, das meine blond;
Was vorzuzieh'n, ist noch nicht ausgemacht.
Ihr Aug' ist blau, recht hübsch, doch etwas starr;
Einst lobt' er häufig meine braunen Augen.
Doch sie ist stolz – das macht den ganzen Reiz;
Sonst pries er mich um meinen sanften Sinn –
Das ist nun längst vorbei! – Vorbei! So sei's! –
Was soll ich weilend meine Schmerzen nähren?
Vergessen hat er mich, so soll er bald
Mich nicht mehr seh'n, und nimmermehr erfahren,
Daß ich ihm nahe war. Ich kann auch stolz sein –
Doch in's Geheim: das ist der echte Stolz.
(Ab.)

Neunte Scene.

(Prächtig erleuchteter Saal.)

(Musik. Tänzer und Tänzerinnen treten auf. Die Gäste versammeln sich, worunter auch der Herzog und Agrippina, Fortunat an ihrer Seite.)

Herzog *(nach geendigtem Tanz zu Fortunat).*
Ihr habt ein glänzend Fest uns da bereitet.

Fortunat. Seid Ihr zufrieden, Herr, dann ist's ein Fest.
Beliebt's Euch, in des Gartens kühlen Gängen
Euch zu ergeh'n? – Ihr Diener, reicht die Becher!
Ich trink' Euch zu, mein gnäd'ger Herr!

   Herzog.   Nicht also!
Ich zieh' es vor, den Garten zu besuchen.
Doch laßt mich wie die andern Gäste walten,
Und bindet Euch an meine Schritte nicht;
Auch Du, geliebte Schwester, magst des Bruders
Gesellschaft mit der selt'neren vertauschen;
Freiheit ist eines Festes schönster Schmuck.

   Fortunat. Gebt Raum dem edlen Herzog, werthe Gäste.
(Zu den Tänzern.)
Und Ihr indeß bereitet neue Künste.

(Der Herzog geht ab mit Begleitern. Ein Vorhang fällt herab, der die Tänzer verbirgt.)

Zehnte Scene.

Fortunat. Agrippina.

   Fortunat. Darf ich die Hand Dir reichen, holde Fürstin?

   Agrippina*(bei Seite).*
Verstellung, hilf mir nun, ihn zu vernichten. –
Gern bleib' ich, edler Wirth, bei Dir allein,
Und achte, daß Dein Fest Dich nicht zerstöre;
Du trinkst des Weines Gluth zu rasch hinab,
Dein Auge funkelt, Deine Wange sprüht –

   Fortunat. Vergaßest Du, daß ich ein Cyprer bin?
Nicht von der Reben Gluth entbrennt mein Auge,
Und diese Wangen färbte nicht der Wein:
Die Freude ist's, die himmlische Geborne,
Und der Gesellschaft heiterster Genuß.

   Agrippina. Dein Sinn ist immer munter!

   Fortunat.   Sollt' er nicht?
Ich bin ja hoch bedacht mit allen Gaben,
Statt denen Tausende nur leere Wünsche haben.

Bin ich nicht jung, gesund, nicht reich an Kraft?
Gährt nicht mein Sinn von edler Leidenschaft?
Ich sage Dir – ich könnte Dinge sagen –
Fortuna selbst hat sich mir angetragen!

    Agrippina. Wir haben Deinen hohen Werth erkannt,
Ich und der Bruder, und Du weißt es selbst,
Wie sehr wir Beide Dir verpflichtet sind.

    Fortunat. Ich dank' Euch mehr: Ihr lehrtet mich das Leben
Aus seinen Höh'n erkennen; edlen Fürsten
Zu nah'n, ist nied'rer Leute bestes Glück.
In Eurer Nähe läutert sich mein Wesen,
Ja, was ich bin und werden mag, ist Euer:
D'rum ist mein Leben Euerm Dienst geweiht.

    Agrippina. O wahrlich, Ihr beschämt mich, Fortunat!
(Bei Seite.)
Er spricht so warm – ich kann ihn nicht betrügen.

    Fortunat. Du bist so milde heute! Deinen Stolz,
Der Dich vor tausend andern Frauen kleidet,
Hast Du vertauscht mit solcher holden Demuth,
Daß sie noch schöner als Dein Stolz ist! Ja,
So wie Du jetzt bist, mahnest Du mich ganz
An eine holde Freundin meiner Jugend.

    Agrippina. An eine Freundin?

    Fortunat.   Eine Schwester fast!
Wir wuchsen in der Heimath auf zusammen.

    Agrippina. Du hast mir wenig noch von Deinem Leben,
Von Heimath und von Vaterland erzählt.

    Fortunat. Was gäb' es zu erzählen? Gute Eltern
Hab' ich daheim, die täglich für mich beten,
Und deren Wiedersehen ich ersehne.

    Agrippina. Und sind sie vornehm?

    Fortunat.   Ritterlicher Abkunft.

    Agrippina. Nicht mehr?

    Fortunat.   Was sonst?

Agrippina. Je nun, ich meinte nur. –
Und werden sie Dein Leben billigen,
Und Deinen üpp'gen Aufwand, Du Verschwender?

Fortunat. Verschwender ich? Ihr irrt! Ich kann Euch sagen,
Jetzt leb' ich arm, wie eine Kirchenmaus;
Doch wollt Ihr Aufwand? Einst hat Cleopatra'n
Mit Perlen Freund Antonius gefüttert,
Der arme Schelm! Ich kann mit solcher Speise
Ein ganzes Land, ein ganzes Reich ernähren.

Agrippina. Ei, bist Du reicher als Antonius?

Fortunat. Und reicher auch als Cäsar.

Agrippina. Wie Du sprichst!
Wenn ich Dich auf die Probe stellen wollte?

Fortunat. Thu's, und sei unersättlich im Begehren,
Mein Schatz wird doch sich nimmermehr erschöpfen.

Agrippina. Sieh doch! Wie kamst Du zu dem vielen Reichthum?

Fortunat. Frägst Du im Ernst?

Agrippina. Ich möcht' es wissen, ja.

Fortunat. Mir selbst gelobt' ich, Niemand es zu sagen.

Agrippina. So sag' mir's auch nicht.

Fortunat. Nein, in Deiner Seele
Ist mein Geheimniß sich'rer als in meiner. –
Sieh diesen Seckel: dies ist meines Reichthums
Verborg'ne Quelle.

Agrippina. Dieser leere Seckel?

Fortunat. Er ist nur scheinbar leer, doch spendet er,
Wenn Dich beim Werk kein Menschenaug' erspäht,
Auf jeden Griff ein schweres Goldstück Dir!

Agrippina. Hm! Ich verstehe Dich und danke Dir!

Fortunat. Was meinst Du, Fürstin?

Agrippina. Daß mit guter Art
Du meine Neugier hast beschämen wollen.

Fortunat. Bei Gott, die reine Wahrheit künd' ich Dir.

Agrippina. Und speisest mich mit Ammenmärchen ab?

Fortunat. Es klingt wohl wunderlich, doch ist es so.
Versuche selbst das Werk.

Agrippina. Es wäre wirklich?

Fortunat. Nimm diesen Seckel, thu', wie ich gesagt;
Niemand belauscht Dich jetzt, Du bist allein.
Ich kehre wieder, wenn das Werk erprobt.

Agrippina. Und Du vertraust so großen Schatz mir an?

Fortunat. Wo wär' mein Leben sich'rer als bei Dir?

Agrippina. Wie, wenn mich nun die Zaubergabe lockte?
Wenn listig ich den Schatz Dir vorenthielte?

Fortunat. Nun, soll ich Dir mißtrau'n, so gib ein Pfand.

Agrippina. Ein Pfand? Und welch ein Pfand?

Fortunat. Darf ich es nehmen?
(Küßt sie.)
Nun hab' ich Sicherheit.

Agrippina. Was thut Ihr, Ritter?

Fortunat. Vergib! Die Zaubergabe macht mich kühn;
Doch will ich mich sogleich dafür bestrafen,
Mich selbst von Deinem Angesicht verbannend;
Du prüf' indeß des Seckels Wunderkraft,
Dann komm' ich wieder, um Dein Pfand zu lösen.
(Ab.)

Eilfte Scene.

Agrippina (allein). Dann Rosamunde.

Agrippina(allein).
Abscheulich! Unerhört! Ruchloser Frevel!
Wo nahm ich die Geduld, das zu ertragen?
Welch eine Strafe wiegt dies Wagniß auf?

(Betrachtet den Seckel. Rosamunde geht über die Bühne.)

Ist dieses wirklich eine Zaubergabe,
So hab' ich ja die Strafe in der Hand.
Laß sehn. Ist Niemand hier? Ich bin allein.
So sei das Werk versucht. Ein Goldstück! – Wirklich!
Und wieder! Wieder! – O welch herrlich Werk!
Soll ich die Wundergabe wieder geben?
Sie einzig macht ihn kühn – so sagt' er selbst.
So ist's! Der Zauber macht ihn mir gefährlich.
Was wär' es sonst, was meinen stolzen Sinn
Mit Allgewalt dem Fremdling zugewendet?
Er soll die Zaubergabe *nicht* besitzen!
Nicht ungestraft küßt man der *Fürstin* Lippe. –
Doch, wie behalt' ich sie? Soll ich sein Minnen
Und seine nied're Leidenschaft ertragen? –
Ich weiß es, durch ein freundlich Lächeln kann
Ich leicht den Zauberseckel mir erkaufen;
Doch ekelt's mich, mich länger zu verstellen.
Rasch soll die List mir zum Besitz verhelfen!
Du holder Schatz, komm, lieg' an meiner Brust.
So. – Nun Entschlossenheit! Ich will dem Spiel
Sogleich ein Ende machen. – He! Ihr Leute!
Wo ist mein Bruder? Meine Frauen? Hört!

Zwölfte Scene.

Agrippina. Rosamunde (die bei den letzten Versen wiederkam). For-
tunat (von verschiedenen Seiten).

Rosamunde. Befehlt Ihr, edle Frau?

Fortunat. Was ist Euch, Fürstin?

Agrippina*(zu Rosamunden).*
Holt meine Frau'n!

Rosamunde. Sogleich. *(Ab.)*

Fortunat. Sprecht, was verlangt Ihr?

Agrippina. Hinweg, Verräther!

Fortunat. Könnt Ihr so mich nennen,
Der mein Geheimstes ich Euch anvertraut?

Agrippina. Dies Dein Geheimstes? Pfui! Ein leerer Seckel!
Ein Märchen, mich zu höhnen, ausgeheckt,
Ein Zeichen meiner Gunst Dir zu erschleichen!

Fortunat. Bei Gott, Du thust mir Unrecht, theure Fürstin!
Hast Du des Seckels Kraft denn nicht geprüft?

Agrippina. Leer fand ich ihn, wie Deine schalen Märchen.

Fortunat. Das ist unmöglich! Sprich, wo ist der Seckel?

Agrippina. Dort such' ihn. Da ich leer ihn fand, so hab' ich
Im Unmuth über's Fenster ihn geschleudert.

Fortunat. Was thatest Du? Der Fluß streift an die Mauern,
So hat dies Wunderwerk der Strom verschlungen!

Agrippina. Jetzt magst Du erst von seinen Wundern fabeln,
Da dieser nicht'ge Seckel, nun vernichtet,
Dich, Frevler, nicht mehr Lügen strafen kann.
Sprich, hat er nicht noch and're Eigenschaften?
Erhält er den Besitzer ewig jung,
Vermag er jede Krankheit rasch zu heilen,
Und wie die tausend Fabeln alle heißen,
Die Müßiggang gewissen Zauberdingen,
Die nie ein Mensch gesehen, angedichtet?

Fortunat. Nur Eine Kraft besaß er, die Du weißt,
Und die im raschen Unmuth Du vernichtet;
Doch schwör' ich Dir, daß er die Kraft besaß.
Ungern gibt man ein solches Kleinod auf,
Doch will ich gerne den Verlust ertragen,
Wenn Du nur glaubst, daß ich Dir wahr gesprochen.

Agrippina. Sprich weiter nicht, bei meinem schweren Zorn!
Bleib ewig fortgebannt aus meiner Nähe,
Und dank' es meiner Gnade, wenn ich nicht
Dem Bruder Deine Frevelthat verrathe.

Dreizehnte Scene.

Vorige. Der Herzog mit Gefolge. Rosamunde.

Herzog*(im Auftreten).*
Die Frauen suchen Dich –

Agrippina. Mir ist nicht wohl –
Laßt uns nach Hause geh'n.

Herzog. So plötzlich?

Agrippina. Kommt!
Ihr meine Frauen! führt mich an die Luft,
Laßt meine Sänfte bringen.

Herzog. Theure Schwester!

Fortunat. Erhab'ne Fürstin –

Agrippina. Fort! Führt mich hinweg!

Herzog. Was ist gescheh'n?

Fortunat. Ein namenloses Unheil!
O hört mich, meine Fürstin!

Agrippina. Fort von mir!

(*Ab mit dem Herzog und Gefolge.*)

Vierzehnte Scene.

Rosamunde. Fortunat.

Fortunat. Sie hört mich nicht, sie eilte zürnend fort –
O unglücksel'ger Tag, o Zaubergabe,
Die unheilvoll mein Lebensglück zerstört! –
Betrüger nennt sie mich? Ich kann's nicht tragen! –
Hier ist das Fenster, das den Schatz verschlang.
Wie, wenn er an der Brüstung hängen blieb?
Laß seh'n! (*Oeffnet das Fenster.*)

Rosamunde(*vortretend*). Was sucht Ihr, Herr?

Fortunat. Du bist es, Proteus?
Sieh! Einen Seckel hab' ich hier verloren.

Rosamunde. Ihr?

Fortunat. Oder die Prinzessin.

Rosamunde. Einen Seckel?
War er nicht gelb?

Fortunat. So ist's –

Rosamunde. Mit grünen Schnüren.
So groß, wie Eure Hand? – Dann sucht nicht länger;
Denn die Prinzessin barg ihn an der Brust,
Eh' sie nach Leuten rief, und ich hinzutrat.

Fortunat. Unmöglich!

Rosamunde. Ganz gewiß.

Fortunat. Wie konntest Du – –
Was frag' ich nur? – 's ist Thorheit, Raserei! –
Wie konnt'st Du seh'n, daß Agrippin' ihn barg?

Rosamunde. Ich kam hier eben durch die Gallerie,
Da sah ich die Prinzessin ganz allein,
Die heftig mit sich selber sprach, den Seckel,
Den ich ganz deutlich sah, in ihrer Hand.

Fortunat. Du sahst und bliebst?

Rosamunde. Nicht doch! Ich sah und ging,
Da die Prinzessin sorgsam um sich spähte,
Wie Jemand, der nicht gerne Zeugen hat;
Nach Kurzem kehrt' ich wieder, und ich fand sie,
Denselben Seckel in der Hand, den sie
Mit raschem Zögern in den Busen barg,
Und nach den Leuten rief; da kamt Ihr selbst.

Fortunat. Das sahst Du alles?

Rosamunde. Ja.

Fortunat. Du lügst!

Rosamunde. Wie sollt' ich?

Fortunat. Sag', daß Du logst! Ich bitte Dich, Du logst!

Rosamunde. Was habt Ihr, Herr?

Fortunat. Sie soll den Seckel –? Nein!
Du sahst ihn nicht! Der Seckel liegt im Strom.

Rosamunde. Ich sah ihn, ja. Es war ein leerer Seckel.

Fortunat. Du weißt nicht, was du sprichst! Ein leerer Seckel! –
So wiss' es, große Wunderkraft besaß er;
In diesem Seckel lag der Menschheit Sehnen,

Er war des Thoren Lust, des Weisen Streben,
Er schloß Dir *auf* die Herrlichkeit der Welt,
Befriedigend des Wunsches Uebermaß;
Er machte Jedermann zu Deinem Diener,
Dem Sauertopf zwang er ein Lächeln ab,
Und bog des Stolzes steifen Rücken krumm;
Ein König war ich, als der Sekel mein,
Und bin ein Bettler, da ich ihn verloren. –
Ein Bettler, weil ich ihn verlor? O nein! Ich bin
Ein König noch, wenn ich sonst nichts verlor! –
Armselig war des Sekels schnöder Inhalt,
In seinem Schooße nährt' er ekle Laster,
Geiz, Wollust und Betrug und Müßiggang;
Er untergrub des Eigners Seelenkräfte,
Leicht bietend, was man sauer soll erwerben,
Er machte Mißtrau'n zu des Lebens Inhalt,
Und raubte Dir den Glauben an den Bruder.
Mir selber hat mein Leben er zerstört;
Die Göttin, die ich angebetet, ließ er
Vielleicht zum niedern Erdenweibe sinken.
Vielleicht! Vielleicht! Entsetzliches Vielleicht!
Am Götterbild der Liebe zweifeln müssen,
Verachten müssen, was man hoch verehrt!
Das Höchste und das Niederste so nah,
Das Laster nach der Hand der Tugend langend,
Die Tugend ihre Hand dem Laster bietend,
Daß ihre Gränzen fast zusammen fließen! –
Ich war ein Thor, daß ich das Leben liebte,
Das mir ein blüh'nder Frühlingsgarten schien;
Ich war ein Thor, daß ich an Liebe glaubte,
Die mich des Frühlings milde Sonne dünkte;
Das Leben ist ein neckendes Gespenst,
Das nur den reinen Glanz des Himmels nachtäuscht,
Und nahst Du ihm, die hohle Fratze weist;
So lockt der Irrwisch mit erborgtem Schimmer
Den harmlos Wandernden dem Abgrund zu.
Ich steh' am Abgrund; das Vertrauen schwand,
Die Liebe täuscht, die Tugend ist ein Märchen,
Leer und gleichgiltig ist der Tage Lauf –

Ich will nicht länger athmen, länger leben,
Nicht länger denken, fühlen und entbehren;
Vernichtung wäre mir ein süßes Labsal,
Zerstörung meines Wesens einz'ger Wunsch.
O Erde, öffne Dich, mich zu verschlingen!
Zersprengt, Ihr allzu kräftigen Organe,
Ihr jugendlichen Adern, schwellet tödtlich,
Und laßt mein Blut durch alle Lebens-Thore
Mit meinem Leben in den Sand verrinnen!
(Er wirft sich auf den Boden.)

Rosamunde. Gott! – Fortunat! – Mein Herr! – Mein Fortunat! –
Es strömt sein Blut – o höre mich! – Er stirbt!

(Sie beugt sich über ihn. Musik fällt ein.)

Vierter Act.

Erste Scene.

(*Einsame Gegend mit einer Hütte.*)

Rosamunde (in Männerkleidern, sitzt vor der Hütte und bessert ein Fischernetz aus). Dann Vasko.

    Rosamunde(*allein*).
Es dunkelt bald – er kommt noch nicht nach Hause;
Wenn er die Wand'rung in's Gebirg nur ließe!
Er kehrt doch immer trauriger zurück.
Ein munt'rer Alltagsfreund ist die Natur,
Der gern mit Fröhlichen Gemeinschaft hält,
Doch um den Trübsinn kümmert sie sich nicht,
Und lächelt heiter, während jener weint.
Horch! Raschelt's nicht im Busche? Ja, er ist's!
(*Steht auf*).

    Vasko(*tritt auf*).
Ei, guten Abend, Proteus, Du mein Bürschchen!
Gott grüß Dich! Kennst Du mich nicht mehr?

    Rosamunde.   O ja!

    Vasko. Nun sieh! Wo ist Dein Herr?

    Rosamunde.   Im Wald.

    Vasko.   So, so! –
Hier also wohnt er jetzt? – Recht artig, wirklich!
Ein bischen zwar – wie soll ich sagen? – eng,
Zumal für einen weiten Geist, wie er –
Doch die Beschränkung hat auch ihre Reize;
Dies Haus ist klein, vielleicht nicht sehr bequem,
Man könnt' es füglich eine Hütte nennen –
Doch ist die Lage hübsch, die Luft gesund.
Sagt nur, wie Ihr Euch hier die Zeit vertreibt?

    Rosamunde. Wir fischen.

    Vasko.   Was Ihr sagt! Ihr fischt! Sieh doch!
Der Ritter Fortunatus ward ein Fischer!

Ich sag's, ein tücht'ger Kerl schickt sich in Alles. –
Er hat ja den Pallast, so heißt's, verkauft?
Da muß ihm eine hübsche Summe bleiben.

    Rosamunde. Es blieb ihm nichts, denn seiner Habe Rest
Ließ er zu Schiffe bringen, und das Schiff
Sandt' er, ein frommer Sohn, den Eltern zu,
Durch einen Landsmann, dem er trauen konnte.

    Vasko. Was aber segelt er nicht selbst nach Hause?

    Rosamunde. Der arme Herr war krank, gefährlich, lange;
Selbst seine Sinne, ungetreue Diener,
Verließen ihn, als ihn sein Glück verließ,
Und Wahnsinn war ihm nah' in Fiebergluth;
In Traum und Wachen sprach er von dem Herzog,
Der ihn nicht sehen wollte, von der Fürstin,
Die ihn verrathen. Sorgsam pflegt' ich ihn,
So ging er nach und nach der Heilung zu;
Doch hat er seinen frohen Muth verloren.

    Vasko. So blieb von seiner vor'gen Vornehmheit
Ihm gar nichts übrig, als vornehme Krankheit,
Die man Melancholie auf griechisch nennt. –
Allein wo bleibt der melanchol'sche Herr?
Ich möcht' ihn sprechen.

    Rosamunde.   Ihr?

    Vasko.   Der Herzog schickt mich.

    Rosamunde. Ist's möglich, daß der Herr sich sein erinnert,
Da man von dem Pallast ihn stets zurückwies?

    Vasko. Der Herzog sendet mich mit guter Botschaft,
Doch muß ich Euern Herren ungestört
Und baldigst sprechen.

    Rosamunde.   So? *(Bei Seite.)* Ich trau' ihm nicht. –
Dort kommt der Herr!

    Vasko.   Wo?

    Rosamunde.   Ueber jenen Hügel.
Er spricht mit sich allein, er scheint verzückt;

In diesem Zustand darf man ihn nicht stören.
Tretet hieher; laßt mich erst mit ihm sprechen.

    Vasko. Der arme Herr! Er sieht ein bischen bleich;
Die Fischerkost scheint ihm nicht anzuschlagen.

(*Sie ziehen sich zurück.*)

Dritte Scene.

Vorige. Fortunat (etwas phantastisch gekleidet, den Wunschhut auf dem Haupte).

    Fortunat. Natur, wie mächtig ist Dein Lebensathem!
Und wie erhebend ist Dein stilles Walten!
Wie strömst Du dem, der sich in Dich vertieft,
Die Fülle kräftiger Gedanken zu!
Ich lieg' auf grüner, sonnenheller Matte,
Im duftigen Gebirgsthal, Blumen lesend,
Die Blicke send' ich nach den Hochgebirgen,
Die, gleich des Thoren Wunsch, in Nebel schwinden,
Die Sonne spricht zu mir, der Mond, die Sterne,
Die schweren Wolken, die ihr luftig Leben
Verdampfend, Blitz und Donner rings versenden,
Und sich in milde Segensströme lösen,
Mit rauher Art erwünschte Gaben bietend,
Gleich einem Biedermann, der murrend wohlthut.
Das ganze große Leben steht vor mir,
Die Schranken eig'nen Sein's vergess' ich gern',
Und fühle tief die Harmonie der Welt;
Und meine Seele freut sich ihres Daseins,
Fühlt sich des Unermeßlichen ein Theil,
Und dehnt ihr Leben selig hoffend aus. –
O wer in Einsamkeit stets *sich* nur lebte,
Wer nie sich in's Gewühl der Menge mischte!
Wo die Gemeinschaft ist, da ist Verderben,
Wo Leben sich an Leben drängt, ist Tod.
D'rum fort aus der verwirrenden Gesellschaft!
Ein Siedler will ich werden, ohne Habe,
Und heimisch nur in meiner Seele sein;
Nicht brauch' ich eines Andern Wort und Gabe:

Der echte Mensch, das ist der Mensch *allein*.
(Er setzt sich vor die Hütte.)

  Vasko*(zu Rosamunden).*
Sagt, ist der Paroxismus bald vorüber?

  Rosamunde. Ich will versuchen jetzt, mit ihm zu sprechen. –
Herr –

  Fortunat. Proteus! Du? – Gib mir zu trinken.

  Rosamunde.   Gleich. –
's ist Jemand hier, der mit Euch sprechen möchte.

  Fortunat. Wer ist's?

  Vasko*(tritt hervor).*   Ich bin's, Herr Fortunat.

  Fortunat.   Du? Vasko?
(Zu Rosamunden.)
Bring' mir zu trinken. *(Rosamunde ab.)*
(Zu Vasko.)   Hier ist nichts zu holen,
Mein Freund, Du mußt zu reichen Leuten geh'n.

  Vasko. Ich komme nicht zu holen, nein, zu bringen.

  Fortunat. Zu bringen? So? Und was?

  Vasko.   Erst einen Gruß
Von unserm gnäd'gen Herzog.

  Fortunat.   Von dem Herzog?

  Vasko. 'ne Botschaft dann von Dame Agrippina –

  Fortunat*(steht rasch auf).*
Nenn' diesen Namen nicht, liebst Du Dein Leben!
Es macht sein Klang mich toll, wie Zauberformeln.

  Rosamunde*(kommt zurück mit einem Becher).*
Hier ist ein kühler Trank.

  Fortunat.   Du kommst zurecht.
Gib nur und geh! *(Trinkt.)*

*(Rosamunde zieht sich zurück, ist aber im Laufe des folgenden Gesprächs
öfter sichtbar.)*

  Fortunat*(zu Vasko).* Du nenne Deine Botschaft.

Vasko. Sie, die ich Euch nicht nennen soll, frägt an,
Wie lang' Ihr hier im Land zu bleiben denkt?

Fortunat. So lang' es mir gefällt.

Vasko.   Die Fürstin meint,
Ihr werdet wieder nach der Heimath reisen.

Fortunat. Vielleicht – vielleicht auch nicht.

Vasko.   Nun, für den Fall,
Wär' Euch, so meint sie, Reisegeld vonnöthen,
D'rum schickt sie Euch durch mich den vollen Beutel.

Fortunat. Laß einmal seh'n. Wie viel ist in dem Beutel?

Vasko. Einhundert Goldstück.

Fortunat.   Potz! Ein fürstliches Geschenk!

Vasko. Das mein' ich auch.

Fortunat   Meinst Du? Ich aber meine:
Wenn sie ihr ganzes Land mir schenkt, so wär' es
Ein Bettel nur 'gen das, was sie mir raubte.
D'rum sag' ihr nur, ihr knickerndes Geschenk
Hab' ich verächtlich so von mir geschleudert.
(Schleudert den Beutel weg.)

Vasko. Was thut Ihr, Herr?

Fortunat.   Der Erde geb' ich wieder,
Was ihr entstammend, uns zur Erde zieht.

Vasko. Nun wie Ihr wollt! Reist ohne Reisegeld,
Nur bitt ich: reist.

Fortunat.   Ich reise nicht.

Vasko.   Ihr *sollt!*
Der Herzog gibt Euch noch drei Tage Frist,
Dann will er, daß Ihr Stadt und Land verlaßt,
Und Dame – Namenlos theilt seinen Willen.

Fortunat. Sie, die Euch All' am Gängelbande leitet,
Die ein Geheimniß weiß, das Ihr nicht ahnet,
Das dem Besitzer große Macht verleiht,
Das thöricht ich verrieth, sie schlau verbirgt –

Sie, sie, sie will mich fort? – O süßes Labsal!
Ich bin der Wermuthstropfen ihrer Lust,
Der bitt're Beischmack aller ihrer Freuden,
Ich bin der Krebs, der ihr am Herzen nagt,
Das Schwert, das über ihrem Haupte hängt,
Ja, ich bin ihr Gewissen, ihre Reue,
Ihre Verzweiflung – ich! O welche Wonne!
Ich danke Dir, Du gabst mir gute Nachricht;
Von nun an will ich nie das Land verlassen.

    Vasko. Herr, seht Euch vor! Man hat noch andere Mittel,
Euch zu entfernen.

    Fortunat.   Feiger Sclave, schweig'!
Was kann sie thun? Mich tödten? Desto besser!
Ein neu Verbrechen gibt ihr neue Qual;
Todt oder lebend bleib' ich ihre Geißel.
D'rum künd' ihr an, ich reise nicht, und Du
Befrei' mich bald von Deiner Gegenwart.
(Setzt sich wieder vor die Hütte.)

    Vasko *(für sich).*
Das ist ein Starrkopf! – Hm! Ich brech' ihn doch,
So, oder so! – Ich habe weiten Auftrag;
Ein bischen ihm zu drohen, wird nicht schaden.
(Nähert sich Fortunat.)
Herr Fortunat –

    Fortunat.   Was gibt's?

    Vasko *(indem er mit dem Dolch am Gürtel spielt).*
              Ihr wollt nicht reisen?
Ihr solltet doch –

    Fortunat.   Laß mich zufrieden, sag' ich.

    Vasko. Bedenkt: Ihr habt gar eine mächt'ge Feindin!
Sie kann Euch weite Reise machen lassen,
So eine, wo Ihr gar nicht wiederkommt.
Versteht Ihr mich? – Antwortet doch! Versteht Ihr's? –
(Mit einer drohenden Geberde.)
Hört, Schatz! es gibt noch Dolche in der Welt.

Rosamunde(*die sich indessen herbeigeschlichen, fällt ihm rückwärts in den Arm*).
Verräther!

Vasko(*verwundet sie*).   Dummer Junge!

Rosamunde.   Wehe mir!

Fortunat(*steht rasch auf*).
Was ist gescheh'n?

Rosamunde.   Herr – Vasko – einen Dolch –

Fortunat(*reißt Vasko rasch zu Boden und entwindet ihm den Dolch*).
Für mich? Fahr' selbst zur Hölle!

Rosamunde.   Schont sein Leben!

Fortunat. Recht! Schade wär's, entzög ich ihn dem Galgen.

Vasko. So seid doch nicht so rasch! War ja nur Spaß. –
Ich glaube ein'ge Rippen zu vermissen –

Fortunat. So hat sie, mich zu morden, Dich gedungen?

Vasko. Nicht doch! Nur drohen sollt' ich –

Fortunat.   Schweig' und lauf,
Bevor mich's reut, daß ich Dich laufen lasse.

Vasko. Verzeiht, wenn ich Euch ungelegen kam.
(*Für sich.*)
Nach jenem Busch hat er das Gold geschleudert,
Ich denk', ich kann's im Mondenlichte finden –
(*Ab*).

Vierte Scene.

Rosamunde. Fortunat.

Fortunat. So weit ist es gekommen! Mich zu tödten
Verlangt sie um des schnöden Mammons willen!
(*Zu Rosamunden.*)
Was hast Du ihn verhindert, mich zu tödten?
Ein inhaltleeres Leben ist ja Tod! –
Allein was hast Du? Deine Kniee schwanken,
Dein Angesicht scheint bleicher mir als sonst –

Rosamunde. Mich schmerzt der Arm –

Fortunat.   Der Arm? bist Du verwundet?
Laß sehn.

Rosamunde.   Nicht doch!

Fortunat.   Du blutest!

Rosamunde.   's ist ein Ritz nur –

Fortunat. Der Schurk' hat Dich verletzt! Was sprachst Du nicht?
Ein solcher Tropfen kostet' ihm sein Leben. –
Doch komm' hieher! Setz' Dich! Ich hohle Linnen.
Hier ist noch Wasser; gelt, das kühlt?

Rosamunde.   Ach ja –

Fortunat. So! Laß mich nur gewähren. – Ei, was Du
Für zarte Arme hast, fast wie ein Mädchen!

Rosamunde*(zieht die Hand zurück).*
Nun ist's schon wieder gut –

Fortunat.   Jetzt zum Verband.
Doch sieh! Die Schärpe taugt ganz gut dazu.
Es ist zwar ein Geschenk der Jugendfreundin,
Von der ich Dir erzählt, doch würde sie,
Daß ich es so verwendete, nicht grollen.

Rosamunde. Sie dankt' es Euch vielmehr.

Fortunat.   So, jetzt ruh' aus.
Soll ich in's Haus Dich führen?

Rosamunde.   Nein, ich dank' Euch.
Die Abendkühle thut mir wohl.

Fortunat.   So bleib'! –
Fühlst Du noch Schmerz?

Rosamunde.   Fast gar nicht.

Fortunat.   's war mehr Schreck. –
Du guter Knab', wie Du so treu mich liebst,
Und wie ich gar nichts that, Dir zu vergelten!
Nun fällt es mir auf's Herz, in Noth und Krankheit
Hieltst Du allein an meinem Lager aus;

Du machtest meinen wirren Sinn genesen,
Durch treue Sorgfalt, wie ein liebend Weib.
Ein Weib? Was will ein Weib? Ich liebe keine,
Doch Dich trag' ich im Herzen.

    Rosamunde.   Ihr liebt keine?

    Fortunat. Nein! Sie sind alle falsch; Du bist es nicht.

    Rosamunde. Nein, eh' bin ich ein Weib, Herr, als ich falsch bin.

    Fortunat. Ich schäme mich, daß ich im bösen Unmuth,
Die Zeit vergeudend, fast Dich darben ließ;
Daß ich den Trostesworten, die Du mild
Mir eingeflößt, ein halbes Ohr nur lieh,
Durch Schweigen kränkend Dein beredtes Lieben;
Doch ich will anders werden bald, ganz anders!
Hab' ich erst wen, der meiner Kraft bedarf,
So wird die Kraft auch wieder frisch erwachen.
Für Dich nur einzig will ich sorgen, streben,
Mich nimmermehr von Deinem Schicksal trennen;
Mein Leben, das sein eig'nes Ziel verlor,
Bewahr' ich für ein fremdes: für Dein Wohl.

    Rosamunde. Ach, Herr, Ihr seid so gütig und so mild –

    Fortunat. Du weinst? Dein Blut und Deine Thränen sind
Tief in mein Herz gegraben, guter Proteus.
Doch trockne Deine Thränen, ruh' jetzt aus.
(Entfernt sich von Rosamunden, für sich).
Gefahr droht jenem Knaben, so wie mir;
Nun gilt's erwachen aus der trägen Ohnmacht.
Daß sie den Seckel hat, das ist gewiß,
Ihn wieder zu erwerben, nicht unmöglich.
Ich bin nicht gar so hilflos als ich scheine,
Ich bin ja noch der alte Fortunat.
Der Dolch hat meine Seele aufgestachelt.
Wie konnt' ich nur so lange meiner selbst,
Wie konnt' ich diesen Zauberhut vergessen?
Du holde Gabe sollst bald thätig werden.
Es streift mir ein Gedanke durch die Seele –
Ja, ja, so geht's! – Bald ist der Seckel mein,

Und süße Rache wird mein Herz erquicken. –
Mein Proteus, schläfst Du?

Rosamunde.   Nein, Herr.

Fortunat.   Geh' hinein,
Die Nacht wird feucht und kühl. Ich will hinab
Zum Teiche seh'n, ob Fisch' im Netze sind.
Komm' ich nicht bald zurück, so geh' nur schlafen.
Leb' wohl, mein liebes Kind! – Jetzt rasch an's Werk!
(Ab.)

Rosamunde*(allein).*
Mir ist so wohl zu Muth – so weh!
Hier saß der Freund, in meiner Näh',
Er faßte mich in seinen Arm,
Und sprach so hold, so lieb, so warm!
Er nannte mich sein liebes Kind,
Und seinen Knaben, treu gesinnt.
Ja – seinen Knaben! – Einerlei!
Das Mädchen war ja auch dabei.
Ich fürchte nicht, wenn er's erfährt,
Daß sich seine Lieb' in Haß verkehrt.
Fast hätt' ich Alles ihm entdeckt,
Doch hätt' es ihn zu sehr erschreckt;
Er ist noch eben im Genesen,
Da hat man gar ein zärtlich Wesen.
Doch sicher bald bered' ich ihn,
Von dem verhaßten Ort zu zieh'n,
Und im geliebten Heimathland
Reicht Rosamunde ihm die Hand.
Weist er sie dann zurück? – Wohl schwer!
Er liebt den Proteus gar zu sehr. –
Komm', süßer Schlummer, sende Du
Mir bunte, holde Träume zu;
Zeig' mir des Freundes liebend Bild –
Doch mach', daß sich der Traum erfüllt.
(Ab.)

Fünfte Scene.

(Zimmer im herzoglichen Pallast, erleuchtet.)

Der Herzog, Agrippina und Vasko (treten auf).

Agrippina*(zu Vasko).*
Sehr ungeschickt hast Du Dein Amt verwaltet,
Ihn nicht entfernt und unsern Sinn verrathen.
Wir hätten einen Klügern senden sollen.

Vasko. Ei was! Ich trug doch meine Haut zu Markt,
Und dafür schon verdien' ich meinen Lohn.

Agrippina. Sprich nicht von Lohn, wo nichts geleistet ward. –
Es ist schon spät. Mich schläfert. Gute Nacht!

Herzog. Schwester, ein Wort! – Willst Du die Summe schaffen,
Die Du versprachst?

Agrippina.   Ich will's versuchen; doch
Du kommst zu oft.

Herzog.   Erschöpft ist unser Schatz,
Und ohne Dein geheimnißvolles Münzen,
Wüßt' ich mir kaum zu rathen. Wirst Du mir,
Dem Bruder, Dein Geheimniß nicht enthüllen?

Agrippina. Nimm Du die Hilfe, laß mir mein Geheimniß.
Es frägt der Boden nicht, wovon er grün wird;
Dem Himmel danke, der durch mich Dich segnet.

Herzog. Gut' Nacht denn, und vergiß nicht Dein Versprechen.

Vasko. Lebt wohl, hochedle Frau!
(Bei Seite.)   Du geiz'ger Satan!

(Beide ab.)

Agrippina*(allein).*
Ich bin allein – nun ist mir wieder wohl;
Nun darf ich mich am holden Schatz erfreu'n.
(Sie langt den Seckel hervor.)
Nachts, in des Schlafgemaches Einsamkeit,
Fern von der Neugier stets geschäft'gem Auge,
Besprech' ich mich mit Dir, Du holder Seckel!

Wie thöricht war dein voriger Besitzer,
Und wie erlaubt war's, dich ihm zu entreißen!
Er glaubte durch Verschwendung dich zu ehren;
Wie Midas wandelt' Alles er in Gold,
Und da die edle Gab' er leicht gewann,
So warf er sie mit vollen Händen hin,
Wie Kinder ihr veraltet Spielzeug schenken.
Er überschwemmte fast die Welt mit Gold,
Bis er's gemein für alle Menschen machen
Und keinen Dienst dafür sich kaufen könnte,
Verschwendend so, der thöricht'ste Verschwender,
Nicht nur den Reichthum, auch des Reichthums Werth.
Das ist dein Sinn, du holde Gabe, nicht,
Du hast nur in der Hand der Klugheit Werth,
Ja, sie verleiht dir erst die wahre Würde.
Sie giebt für kleine Leistung kargen Lohn,
Denn eitle Großmuth schafft nur Mißvergnügte;
Ist auch dein Born, o Seckel, unerschöpflich,
Die Klugheit trinkt nur, ihren Durst zu löschen,
Nicht, in dem Ueberfluß sich zu berauschen.
D'rum werden mir, du holder Zauberseckel,
Stets deine Gaben segnend sein. – Jetzt komm',
Laß mich bescheiden deine Kraft erproben.
(Sie öffnet den Seckel.)

Sechste Scene.

Agrippina, Fortunat (erscheint, den Hut auf dem Haupte).

Agrippina*(nachdem sie in den Seckel gelangt).*
Himmel! Die Hand ist leer! – Was soll ich denken?
Hat sich die Zauberkraft so schnell erschöpft?
Ist wo ein Späher?
(Blickt zurück und sieht Fortunat.) Rettung! Fortunat!

Fortunat. Schweig', wenn Du leben willst!
(Er umfaßt sie und schwingt den Hut.) Nun wünsch' ich mich
In fernen Landes unbewohnte Wildniß –

(Beide verschwinden. Musik.)

Siebente Scene.

(Wilder Wald. Mondbeleuchtung.)

Fortunat und Agrippina (erscheinen).

    Agrippina. Mich schwindelt! – Gott! Was ging nur mit mir vor?

    Fortunat. Entartet Weib, Du bist in meiner Macht!

    Agrippina. Barmherzigkeit, o Herr, Barmherzigkeit!

    Fortunat. Was streckst Du flehend mir die Hand entgegen,
Die noch den Seckel hält, den Du mir raubtest,
Und schärfst so meinen Zorn, statt ihn zu mildern?

    Agrippina. O nimm den Seckel!

    Fortunat.   Sicher ist er mir,
So wie Dein Leben.

    Agrippina*(wirft sich auf die Knie).*   O verschone mich!

    Fortunat. Du kniest vor mir, der ich vor Dir sonst kniete! –
O Agrippina, was hast Du gethan?
Wie konntest Du's in deinem Herzen haben,
Mir also große Untreu' zu erzeigen,
Der ich Dir treu war, wie die eig'ne Seele,
Der Leib und Gut und Blut ich Dir geweiht?
Du stand'st vor mir, gleich einem Götterbilde,
Dem man sich naht, demüth'ger Ehrfurcht voll –
Du lächeltest mir zu – ich war so selig!
Denn also unverfälscht war mein Gemüth,
Daß ich nicht kannte, was Verstellung sei,
Du gossest Argwohn erst in diese Brust;
Ich las in Deinem Lächeln Gunst der Liebe,
Allein es war nur Kunst der Buhlerin;
Der erste Kuß, der Seel' an Seele bindet,
Er war Dir feil – und sei's um eine Welt,
Allein er war Dir feil! – Ein Judaskuß,
Das Opfer, das Du Dir erwählt, bezeichnend!
So brachtest Du mich um mein einzig Gut,
Und jagtest mich in Spott und in Verzweiflung,
Daß nur der Wahnsinn, der mich rasch ergriff,
Mich abhielt, nicht mein Leben wegzuwerfen,

Doch schleppt' ich es in Schmach und Elend hin;
Da, geizig, wie Ihr Weiber Alle seid,
Hast Du ein ärmlich Zehrgeld mir geboten,
Mir, dem Du alles Glück der Welt verdankst.
Ich nahm es nicht – und Du, in dunkler Ahnung,
Die Zaubergabe sei Dir nicht gesichert,
So lang' ich lebe – sandtest mir den Mörder:
Sieh hier den Dolch, den Du für mich gedungen. –
Nun sprich: Betrug und Habsucht, Geiz und Mordlust,
Sind dies des zarten Weibes Tugenden?
Die, außen schöne Frucht, ist innen faul?
So mag sie denn der Gärtner nur vertilgen!
Du hattest kein Erbarmen je für mich:
Soll ich es haben? Sprich Dir selbst Dein Urtheil.

    Agrippina. Herr, niedrig und verworfen fühl' ich mich.
Ich hab' Euch schwer gekränkt, ich weiß es wohl,
Doch seit dem Tag kam in dies Herz kein Frieden.
Wollt Ihr mich strafen? Ihr, ein starker Ritter,
Das schwache Weib? Genüg' Euch meine Reue!

    Fortunat. Nun kannst Du bitten! Doch das rührt mich nicht.
Zu groß war Dein Verbrechen, Deine Bosheit!
Bereite Dich zum Tode. Du mußt sterben.

    Agrippina. Herr, nur mein Leben schont!

    Fortunat.   Nicht meine Hand
Soll sich mit Deinem falschen Blut besudeln;
Doch in der Wüste hier will ich Dich lassen,
Die niemals noch ein Menschenfuß betrat;
Hier sollst Du Hitz' und Frost und Hunger leiden,
Wild in Verzweiflung Dir den Tod erfleh'n,
Und ihn in eines Tigers Rachen finden.

    Agrippina. Barmherzigkeit! Was war denn meine Schuld?
Bei Gott, nicht dacht' ich d'ran, Dich zu ermorden!
Blick' in mein Herz: es war nicht immer boshaft.
Du selbst bist meiner Frevel erster Grund.

    Fortunat. Ich?

Agrippina.   Ja, Du selbst. Vernimm in dieser Stunde,
Was früher ich mir selber kaum gestand: –
Ich liebte Dich, als ich zuerst Dich sah.

Fortunat. Armsel'ge Lüge!

Agrippina.   Nein, ich lüge nicht:
So wahr ich fühle, daß ein Gott uns richtet! –
Dein männlich Wesen hatte mich bezwungen,
Dein froher Sinn und Deine holde Anmuth;
Doch da erwachte rasch der Stolz der Fürstin,
Die nicht des Bruders Dienstmann und Vasallen,
Die nur sich eignen kann dem Gleichgebornen.
So zwang ich denn zurück der Liebe Blüthe
Mit Kraft, die mir vor andern Frauen ward,
Und sä'te Haß, der üppig wuchs wie Liebe,
Da man am tiefsten haßt das einst Geliebte.
Und and're Laster wucherten wie Unkraut,
Verstrickten und umrankten meine Seele,
Wie Epheu rasch die schlanke Säul' umwindet,
Und ihres Baues Harmonie verbirgt.
Ja, meine Seele war einst groß und rein,
Ein edler Stolz war einzig nur mein Fehler –
Nun ich erwacht aus meinem wilden Taumel,
Begreif' ich's nicht, wie ich so tief gesunken,
Und bitt're Reue nagt an meinem Herzen. –
Du weißt nun Alles. Thue, was Dir gut dünkt,
Leg' eine Buße mir, die schwerste, auf,
Doch kann es sein, so lasse mir das Leben.

Fortunat*(nach einer Pause)*.
Viel der Dämonen sind in uns'rer Brust,
Und Einer mag den Andern wohl verdrängen;
So heiltest Du den Stolz mit schnöder Habsucht,
Und tauschtest Laster gegen Fehler ein.
Ich will Dir glauben, was Du mir vertraut,
Was mich zum Gott entzückt, gestandest Du es früher,
Ich jetzt mit schmerzlichem Gefühl vernahm.
Die Lieb' ist leicht gefährdet, wie die Pflanze,
Wer Einmal mich verletzt, hat mich verloren;

Von Krankheit mag der Körper wohl gesunden,
Doch Seelenschmerz heilt nicht wie Leibeswunden. –
Wir sind getrennt, für immer, für das Leben,
Doch wenn Du echte Reue fühlst, so sprich:
Willst Du im Kloster, an der heil'gen Stätte,
Dein Leben endigen?

    Agrippina*(die sich indessen ermattet, auf einen Baumstamm gesetzt)*.
           Ich bin's zufrieden.

    Fortunat. So komm! Ich führe Dich sogleich dahin.

    Agrippina*(sinkt nieder)*.
Ich kann nicht fort – ich bin so matt – so kraftlos –
Die Zunge klebt am Gaum – mich friert – mich schüttelt Fieber –

    Fortunat. Nimm' meinen Mantel um; ich will indessen
Nach Wasser spähen, oder Waldesbeeren.
(Geht ab.)

    Agrippina*(allein)*.
Da halt' ich in der Hand den Zauberseckel,
Als wie zum Hohn, indeß ich hier verschmachte,
Und Angst und Reue wühlen in der Brust.
Die Stunde soll mein ganzes Leben ändern.
Der Pracht, der Herrlichkeit will ich entsagen,
Nie wieder meinen Prunkpallast betreten.
Doch auch im Walde möcht' ich nicht verschmachten –
Es ist so kalt, so schaurig hier, so einsam!

Achte Scene.

Agrippina, Fortunat (kommt zurück, Wasser im Hut).

    Fortunat. Dort fand ich eine Quelle; nimm und trink.
(Reicht ihr den Hut.)

    Agrippina. Ich danke Dir.
(Trinkt.)   O wie mich das erquickt!
Kein gold'ner Becher gab der Fürstentochter
Ersehnteren Genuß.
(Trinkt wieder.)

    Fortunat*(bei Seite)*.   Sie dauert mich –

Agrippina. Leer ist das Hütlein.

Fortunat.   Bist Du nun bereit,
Die Reise anzutreten?

Agrippina.   Laß mich noch
Ein wenig ruh'n; ich bin zum Tode matt,
Vermag es kaum, mich aufrecht zu erhalten;
Das schlecht'ste Lager wäre Seligkeit,

Fortunat. Wie oft beklagt' ich Bauern, Jäger, Fischer,
Ob ihrer harten, schlechten Ruhestellen!
O wär' ich jetzt in einer kleinen Hütte,
Wie sie die Fischer haben unsers Landes!
(Sie verschwindet.)

Fortunat*(allein).*
Agrippina – – Weh mir! Sie ist verschwunden!
Sie sprach das Zauberwort bewußtlos aus –
Unsinniger Thor, der ich Fortuna's Gaben
So frech mißbrauchte, so verschleuderte!
Nun bin ich zehnmal ärmer noch, als je,
Da ich den schnöden Reichthum mir gewünscht!
Verderben muß ich in der wilden Wüste,
In die mein eig'ner Zauber mich verbannt. –
Ich will nicht langsam sterben, nicht allmählich,
Nein, diese Hand, die jener Frevlerin,
Den Wunschhut anvertraut, soll selbst sich richten
Für ihre Thorheit, ihre Raserei!
(Zieht den Dolch hervor.)
Du warst ja schon für meinen Tod bestimmt,
Wenn nicht den Arm des Mörders Proteus wandte – –
Proteus! Mein holder Knabe! Er ist schutzlos,
Verwundet und verlassen, seinen Feinden
Und meinen Preis gegeben. Ich will leben!
Ich muß den Knaben finden, muß ihn schützen,
Wie ich es heilig mir und ihm versprach.
Du güt'ger Gott, vergib mir meine Feigheit,
Daß ich das Leben, Dein Geschenk, verlassen,
Und zweifeln wollt' an Deiner Gnade Born.
Dies kurze Wort, o Herr, wird Dir genügen,

Du siehst ja, wie's in meinem Busen wogt! –
Jetzt aber will ich eig'ner Kraft vertrau'n,
Und eine Richtung suchen nach den Sternen,
Die mich zurück nach jenem Lande führe,
Wo ich so viel gelitten und verloren.
Ich will ja nichts von meinem vor'gen Glück;
Trag' ich das nackte Leben nur davon;
Nicht länger locken mich die Zaubergaben,
Find' ich nur wieder meinen treuen Knaben!
(*Eilt ab.*)

Fünfter Act.

Erste Scene.

(Die Gegend vor der Hütte.)

Vasko (allein). Dann Rosamunde.

Vasko *(allein, geht auf und ab)*. Was doch die großen Herrn für wunderliche Launen haben! Und nun erst die großen Frauen! – Da ist die Prinzessin. Sie wuchs in Pracht und Ueppigkeit auf. Dabei hat sich ihre Seele den Magen überladen. Nun gebraucht sie die Hungerkur, will eine Klausnerin, eine Schäferin werden – was weiß ich! Aber das prinzliche Wesen schlägt vor. Wenn sie auch in einer Hütte wohnt, sie läßt Einen noch immer antichambriren.

Rosamunde (im Pilgerkleide, kommt aus der Hütte).

Vasko *(ihr entgegen)*. Nun?

Rosamunde. Die Prinzessin will Euch nicht sprechen.

Vasko. So? Hast Du ihr gesagt, daß ich als Abgesandter des Herzogs, ihres Bruders komme?

Rosamunde. Allerdings. Allein sie will sich nur ihrem Bruder selbst anvertrauen. – Gehabt Euch wohl!

Vasko. Auf ein Wort! – Sei ohne Sorge, es geschieht Dir nichts. – Ich muß dem Herzog eine Nachricht bringen. Erzähle doch, wie die Prinzessin hieher kam. Es gehen wunderliche Gerüchte im Volk.

Rosamunde. Was ich weiß, sollt Ihr erfahren. – Es sind nun sieben kummervolle Tage: ich lag Nachts im Bett und schlief, da weckte mich etwas, und ich erschrack nicht wenig, als ich die Prinzessin vor mir stehen sah, in meines Herrn Mantel und Hut. Sie hatte aber nichts Arges im Sinn; vielmehr sah sie erschöpft und leidend aus. Sie bat mich um einen Trunk Wassers, das sie gierig trank, und bald darnach auf das Lager hinsank, und schlief wie ein Todter. Ich saß dabei in Kummer und Angst bis zum lichten Morgen, und wartete auf meinen Herrn, der nicht kam. – Als die Prinzessin erwachte, da mußte sie sich erst auf Alles besinnen, was mit ihr vorgefallen. Sie erzählte mir eine Menge Wunderdinge, die ich nicht verstand. Wie sie aber erfuhr, daß diese Hütte meines Herrn Fortunat Eigenthum sei, da weinte sie bitterlich, und klagte sich alles Unrechts an gegen ihn, und wollt' es ihm abbitten. Doch der war nirgends zu finden, nicht am Teich, nicht im Gebirge, wo ich wohl tausend Mal seinen Namen rief. Da sandte mich die Prinzessin in den Pallast nach ihren Leuten, und schickte diese nach allen Richtungen aus, um meinen Herrn zu suchen. Sie aber zog ein Pilgerkleid an, und hieß mich ein Gleiches thun; und da weinten und beteten wir wechselweise um meines guten Herren Rückkehr, der noch immer nicht hier ist, und den ich wohl bis zum jüngsten Tag nicht sehen werde.

Vasko. Sehr sonderbar! Nun, ich will's dem Herzog melden. Vielleicht läßt er sie die Genovefa weiter spielen. Den Schmerzenreich hat sie schon zur Seite; es fehlt ihr nichts als die Hirschkuh.

(*Ab.*)

Zweite Scene.

Rosamunde. Agrippina (im Pilgerkleide aus der Hütte). Später Fortunat.

Agrippina. Mein guter Proteus, kam noch keine Nachricht?

Rosamunde. Noch nicht, Prinzessin.

Agrippina.   Ach, ich fürchte sehr,
Wir werden Deinen Herrn nicht wieder seh'n!
Du weinst, mein guter Knabe? Deine Thränen
Sind süß, wie sie der Schmerz, die Treue weint,
Ich fühle nicht so selig reinen Schmerz;
Mein Aug' ist trocken, meine Seele weint,
Nicht aber Thränen, die den Busen lindern,
Nein, Blut, das mir des Herzens Schuld erpreßt

Fortunat(*hinter der Scene*).
Proteus! Mein Proteus!

Rosamunde.   Das ist seine Stimme!
(*Rasch ab.*)

Agrippina(*allein*).
Wär's möglich? Fortunat! Er lebt? Er lebt?
Ich dank' Dir, güt'ger Gott! – Ja, ja, er ist's!

Fortunat mit Rosamunden (tritt auf).

Fortunat. Mein holder Knabe, Du bist unversehrt,
Dich hab' ich wieder – nun ist Alles gut!
Doch sprich, wie kamst Du in die Pilgerkleider?

Rosamunde. Herr, die Prinzessin hieß dies Kleid mich wählen.

Fortunat. Wie? die Prinzessin? – Doch wo ist sie?

Rosamunde.   Seht
Die Pilgerin.

Fortunat.   Prinzessin Agrippina!

Rosamunde. Sie sandte Leute aus, um Euch zu suchen,
Und fanden sie Euch nicht, so wären wir
Durch's Land gepilgert, bis wir Euch erspäht.

Fortunat. So dank' ich Euch mein Leben denn, Prinzessin.
Drei Tage wandert' ich durch öde Wildniß,
Von Wurzeln mich ernährend, wilden Früchten;
Da endlich kam ich an des Waldes Ausgang,
Und todesmatt warf ich mich hin zur Erde.
Da schlugen Rossetritte an mein Ohr,
Und Menschenstimmen; Eure Leute waren's,
Die mich an ferner Landesgrenze suchten;
Sie labten mich mit Speis und Lebenshoffnung,
Und so gestärkt, trat ich die Rückkehr an.

Agrippina. Dem Himmel Dank, der mich Euch retten ließ!
Doch nehmt jetzt Euer Eigenthum zurück,
Das schwer auf mir gelastet, nehmt den Seckel.

Fortunat. Unsel'ge Zaubergabe! – Aber sprecht!
Wo ist der Hut, den ich Euch gab?

Agrippina.   Der Hut?
Dort in der Hütte.

Fortunat.   Hol' ihn, Proteus.

Rosamunde*(bei Seite).*
Ich merke wohl, sie werden sich versöhnen.
(Ab in die Hütte.)

Agrippina. Herr, da ich wieder Dich vor mir erblicke,
Steht alle Schuld vor meinem Angesicht,

Doch auch das einz'ge Mittel, sie zu sühnen.
Gebiete, laß mich leben, tödte mich,
Sieh, ich bin deine Sclavin, Dein Geschöpf,
Aus Deiner Hand will ich mein Loos empfangen.

    Fortunat. Verändert bist Du, bin ich selbst durch Dich;
Zerrissen ist der Faden, der uns band,
Der Ton verklungen, der nicht wieder anklingt.
Ich weiß Dir nicht zu rathen, nichts zu sagen;
Ein krankes Herz muß durch sich selbst genesen,
Darum ermanne Dich, sei stark und lebe. –
Doch sprich, was soll dies Kleid?

    Agrippina.   Ein Zeichen ist es
Der Reue, die mich foltert. Einsam will ich
Mein Leben, fern von Glanz und Pracht, verbringen,
Doch möcht' ich gern in meine stille Klause
Die Hoffnung nehmen, daß Du mir verzieh'n.

    Fortunat. O Agrippina! Mußt' ich das erleben?
Ich sehe wohl, Dein Leben ist zerstört,
Doch wird Dein großer Sinn ein neues bau'n.
Beruhigt's Dich: ich scheide ohne Groll,
Und reiche freundlich Dir die Hand zum Abschied.

    Agrippina. Ich werde Deine Milde nie vergessen.

    Rosamunde*(kommt zurück).*
Da ist der Hut.

    Fortunat*(zu Agrippina).*   Leb' wohl!

    Agrippina.   Leb' wohl – auf immer.

    Rosamunde*(bei Seite).*
Er geht? Nimmt Abschied? Und sie bleibt zurück?

    Fortunat. Leb' wohl, du Traum von Liebe und von Glück! –
Proteus, mein Knabe, komm'! Wir ziehen fort
Schnell wie der Wind nach einem andern Land.
Erschrick nicht, was gescheh'! Reich' mir die Hand!
(Ab mit Rosamunden.)

    Agrippina*(allein).*
Er geht, er geht – ich seh' ihn nicht mehr wieder –

Doch hat er mir verzieh'n – Herz, sei genügsam! –
Verzeihung – süßes Wort! Du Lebensbalsam,
Durch den des Herzens Wunden sanft vernarben,
Und wenn sie auch nicht heilen, minder schmerzen.

Dritte Scene.

Agrippina, der Herzog, Vasko und Gefolge (treten auf).

Herzog. Dies ist der Ort?

Vasko.   Ja, Herr. Sieh die Prinzessin.

Herzog. Schwester, was soll dies wunderliche Treiben?
Was fliehst Du den Pallast, wohnst in der Hütte?
Trägst statt des Purpurs häirenes Gewand?
Wie haben diese Tage Dich geändert!
Wo ist die stolze, ad'lige Gestalt?
Dein Blick ist hohl und Deine Wangen bleich;
Was ist es, das so plötzlich Dich verändert?

Agrippina. Ein Wunder.

Herzog.   Gäb' es Wunder?

Agrippina.   Läugnest Du's?
Und bist und athmest, sprichst und denkst und fühlst?
Blick' um Dich, Himmel und Erde sind ja Wunder,
Daß Bäume grünen, daß der Vogel singt,
Daß Sterne schimmern und daß Menschen fühlen –
Die ganze Welt ist *ein* erhab'nes Wunder.
Erstaunst Du, wenn ich mit dem Fuße stampfe,
Und rasch ein Fruchtbaum aus der Erde quillt?
Ich staune nicht, denn Größeres erlebt' ich;
In meinem Herzen schoß der Reue Saamen
In *einem* Augenblick zum dichten Wald,
Und darin will ich mich, wie Magdalena,
Vor aller Hoffarth dieser Welt verbergen.

Herzog. So sprich! – Du willst –?

Agrippina.   Ein Kloster will ich bauen,
Für arme müde Pilger und für Kranke;

Dort will ich And're trösten, laben, heilen,
Und so des Herzens Ruhe wieder finden.

Herzog. Allein bedenke: Deine reichen Güter –

Agrippina. Sie bleiben Dir zurück, der lebenstüchtig
Lebendigen Besitzes sich erfreut;
Doch leg' an's rasche Herz der Weisheit Zügel,
Daß es Dich nicht zu schlimmen Thaten leite,
Schwer ist's die Macht der Tugend zu vereinen.

Herzog. Ich hör' erstaunt, was Du gelassen kündest;
Nur Ungeheures konnte so Dich ändern!

Agrippina. Du sollst, was Dir zu hören ziemt, erfahren;
Jetzt aber komm', die Schenkung aufzusetzen. –
Hier, wo die unscheinbare Hütte steht,
Soll künftig sich des Klosters Bau erheben;
In Sammlung, Fleiß und Wohlthun und Gebet
Begründe sich mein zweites – inn'res Leben.

(Ab mit dem Herzog und Gefolge.)

Vasko *(allein).*
So, so! Sie baut ein Kloster. Gut! Ich will sehen, daß ich die Liefe-
rung dafür kriege. – Sie bereut? Nach Belieben. Die Reue ist auch so
eine Extra-Speise für die vornehmen Leute. Für uns gemeines Volk
paßt das nicht. Wenn der Magen brummt, schweigt das Gewissen.
Leben ist das Erste. Wenn mir die Tugend zu essen gibt, so will ich
mich bei ihr zu Tisch laden; wenn aber das Laster eine bessere Kü-
che führt, dann trägt die Tugend selbst die Schuld, daß sie ihre
Kostgänger verliert. *(Ab.)*

Vierte Scene.

(Famagusta. Ein Theil des Hafens, dem Zuschauer zur Linken ein
Hügel mit einem Kreuz. Man hört von der Seite des Hügels ein
Betglöcklein wiederholt in Absätzen läuten. Mehrere Leute treten
auf und gegen über den Hügel. Ritter Hugo, Beata und Pancratio
kommen.)

Pancratio. Recht saht Ihr, edle Frau! Es naht ein Schiff.

Beata. Ach, brächt' es Nachricht doch von unserm Sohn!

Hugo. Glaub' sicherlich, mein Kind, es geht ihm wohl.

Pancratio. Ihr habt noch Hoffnung, aber ich –?

Hugo. Nun, nun!
Es wird noch Alles werden.

Pancratio. Ach, ich habe
Mein armes Kind in Noth und Tod gejagt!

Hugo. Man stirbt nicht gleich, man muß nicht gleich verzweifeln.
Was gilt's, wir sehen uns're Kinder bald?
Den ganzen Morgen juckt mein linkes Auge:
Das muß etwas bedeuten. – Aber kommt!
Der dritte Ruf des Glöckleins ist vorüber,
Die Orgel hör' ich schon.

Beata. Das Schiff kommt näher.
Wir fragen doch die Leute, wenn sie landen,
Ob sie von Flandern Nachricht wissen?

Hugo. Freilich.
Doch kommt jetzt, wir versäumen sonst die Messe.

(Alle ab.)

Fünfte Scene.

Fortunat und Rosamunde (treten auf).

Rosamunde. Wie ist mir nur? Was ist mit mir geschehen?

Fortunat. Ruhe hier aus und sammle Deine Sinne. –
(Da Rosamunde sich gesetzt.)
(Für sich.) Ich danke Dir, Fortuna! Dein Geschenk
Hat nach der Heimath mich zurückgebracht.
Doch nimm den Zauberhut nur jetzt zurück,
Und auch des schnöden Reichthum's Quell, den Seckel,
Den thöricht ich erfleht, den Unheilbringer;
Was hab' ich nicht um Weisheit Dich gebeten?
Vielleicht verleihst Du sie, wenn ich die Gaben
In's Meer versenkt, erkennend meinen Unwerth,
Sie zu besitzen, und sie klug zu brauchen.
Fahrt hin, Ihr Zaubergaben!

(Er wirft den Seckel und Hut in's Meer.)
(Sanfte Musik. In der Folge wird ein Schiff sichtbar, welches Anker wirft.)

> Ha! Mir ist,
> Als billigte die Göttin mein Verfahren;
> Mein Sinn ist wieder frei und frisch, wie einst,
> Das Leben glänzt mich wieder freudig an,
> Was ich erlitt, steht dunkel hinter mir,
> Und das Unheimliche verschwebt in Nebel;
> Doch vor mir tagt es hell, und süße Sehnsucht
> Verkündet mir ein nahes, dauernd Glück.

Sechste Scene.

Vorige. Der Schiffer (aus dem Schiff).

Schiffer. Verzeiht, kennt Ihr den Ritter Hugo, Herr?
Allein was seh' ich? Ritter Fortunat!

Fortunat. Bist Du der Schiffer nicht, den aus Burgund
Ich mit Geschenken nach der Heimath sandte?

Schiffer. So ist es, Herr, und dort ist Euer Schiff.
Mich wundert's, daß Ihr uns voraus gesegelt! –
Befehlt, wohin wir die Geschenke bringen.

Fortunat. Schifft nur die Waaren aus, ich sag's Euch später –

Schiffer (ab auf das Schiff).

Siebente Scene.

Rosamunde. Fortunat.

Fortunat. Ich seh's, mein altes Glück ist nicht gewichen.
Nun, lieber Knabe, hast Du ausgeruht?

Rosamunde*(die indessen aufgestanden, erstaunt die Gegend betrachtend).*
Wo sind wir?

Fortunat. Staune nicht! In Famagusta,
In meiner Heimath.

Rosamunde. Gott! In Famagusta! –
Wie kamen wir hieher?

Fortunat.   Sei ohne Furcht!
Kein *böser* Zauber ist's, dem ich vertraut bin.

   Rosamunde. So sind wir wirklich denn in Famagusta? –
Ja, Alles kenn' ich hier: das Kreuz, den Hügel –
Ach, klingt nicht der Gesang aus der Kapelle?
Das ist die lang entwohnte Melodie!
Ihr holden Töne meiner theuern Heimath!

   Fortunat. Wie? Deiner Heimath? Deiner Heimath auch? –
Allein was ist Dir? Du bist ganz verändert! –
Dein Blick, Dein Wesen, Deine Sprach' ist anders –
Welch' eine liebliche Erinnerung
Taucht vor mir auf, die mich schon einst ergriff?
Wer bist Du? Du bist nicht mein Diener Proteus,
Du bist ein Engel, der mein Leben schirmt!

   Rosamunde. Ich möchte wohl Dein Engel sein,
Doch müßtest Du zum Glück Dich leiten lassen;
Dir aber ist die weite Welt zu klein,
Du möchtest alles Glänzende erfassen.

   Fortunat. So war ich einst, nun bin ich's nicht,
Jetzt unterscheid' ich Glanz und Licht,
Und füge mich, demüth'ger Weise,
Wie gern dem engen Lebenskreise!
Wie ich mich von mir selbst entfernt,
So hab' ich kennen mich gelernt;
Die Jugendstürme sind vorbei,
Geläutert ist mein Sinn und frei.
Die Heimath beut mir ihren Gruß,
Es zieht mich nach der Eltern Kuß,
Es schwillt das Herz von Liebesfülle,
Doch sehnt es sich nach Ruh' und Stille.

   Rosamunde. Und sonst – nach nichts?

   Fortunat.   Soll ich's gesteh'n?
Ja, Rosamunde möcht' ich wieder seh'n,
Wenn auch ihr Anblick manches Leid,
Und manche alte Pein erneut.
Ach, tret' ich wieder vor sie hin,

Der ich im leichten Jugendsinn
Die ganze Welt mir offen glaubte,
Dem manchen schönen Traum das Leben raubte: –
Mit welchem Muth werd' ich ihr nah'n?
Sie sieht mich wohl mit ihrem Lächeln an,
Und sagt damit: was soll das eitle Jagen?
Ist dies der Ruhm, den Du davon getragen?

 Rosamunde. Das sagt sie nicht, das wird sie nimmer sagen!
Die liebende, die treue Rosamunde
Gießt Balsam und nicht Gift in ihres Freundes Wunde.

 Fortunat. Die Stimme wieder – ach wer bist Du? Sprich!

 Rosamunde. Mein theurer Freund, erkenne mich:
Ich bin – erschrick nur nicht – ich bin
Dein Diener nicht, bin Deine Dienerin.

 Fortunat. Was sagst Du?

 Rosamunde.   Sieh, ich kenne Rosamunden,
Wir sind so inniglich verbunden,
Daß ihre Laster meine Fehler sind,
Und daß ihr Blut in meinen Adern rinnt.

 Fortunat. Du bist –?

 Rosamunde. Glaub' nicht, ich wolle scherzen;
Sieh, meine Wunde hier am Arm
Ward nur vom Blut der Rosamunde warm,
Und machte ihr die meisten Schmerzen.

 Fortunat. Du bist's?

 Rosamunde. Ich bin es!

 Fortunat.   Rosamunde!

 Rosamunde. Mein Fortunat!

 Fortunat.   Du, meine Rosamunde!
(Schließt sie in die Arme.)
Bist Du's denn wirklich? Bist wirklich mein?
Wie kam nur Alles? Wie kann es sein?
Du, Du warst Proteus? Ich kannte Dich nicht?
Hat mich verblendet das strahlende Licht?

Rosamunde. Erst wies ich Dich von mir, da ließest Du mich,
Du suchtest das Leben, ich suchte *Dich!*

Fortunat. Du warst mein Diener? Ein Mädchen zart!

Rosamunde. Lieben und Dienen sind gleicher Art.

Fortunat. So dank' ich mein Leben der Freundin, Dir?

Rosamunde. Hab' ich's erhalten, so theil' es mit mir.

Fortunat. Hast Du Deine Leiden mir auch verzieh'n?

Rosamunde. Wer denkt an Dornen, wenn Rosen blühn?

Fortunat. Du treue Seele! so bist Du mein?

Rosamunde. Ich fühl', ich lebe – so bin ich Dein.

(Sie halten sich umschlossen.)

Achte Scene.

Vorige. Ritter Hugo. Beata. Pancratio (kommen aus der Kapelle zurück). Der Schiffer (und seine Leute, welche Waaren an's Ufer bringen).

Hugo. Dort steht das Schiff! Die Leute landen eben –

Beata. Ich frag' um unsern Sohn!

Pancratio.   Ich um die Tochter!

Fortunat*(zu Rosamunde).*
Die lieben Eltern, sieh!

Rosamunde.   Gott! Und mein Vater –

Hugo. Wer sind die Fremden?
(Nähert sich, zieht den Hut.)   Edler Herr, verzeiht –
Ihr kommt wohl weit her?

Fortunat.   Ja, und bring' Euch Kunde
Von Euerm Sohn –

Hugo*(sieht ihn an).*   Von Fortunat?

Beata*(schreit).*   Er ist's –

Hugo. Der ist's?

Beata*(fällt Fortunat um den Hals).*   Mein Sohn!

Hugo *(mit offenem Munde).* Wa –?

Fortunat. Liebe Mutter! Vater!
Herzliebes Mütterchen! Mein alter Vater!

Schiffer (und seine Leute nähern sich mit den Waaren).

Fortunat. Seht, die Geschenke da sind Euer –

Hugo. Unser?

Fortunat. Pancratio, ich bin kein Bettler mehr!
Gibst Du mir jetzt die Tochter?

Pancratio. Ach, wo ist sie?

Fortunat. Hier!

Pancratio. Dieser Pilger?

Fortunat. Nein, die Pilgerin!
Und Eure Tochter, meine holde Braut –

Rosamunde. Mein Vater –

Pancratio. Rosamunde! Ist's denn wirklich?

Fortunat. Umarmt die Tochter, segnet sie, uns Beide!
(Zu Rosamunde.)
Wir aber preisen uns're guten Sterne!
Denn, die die jungen Herzen früh berührt,
Die unverstand'ne Lieb', hat aus der Ferne
Sie liebender einander zugeführt.

Anmerkung zu Fortunat.

Abermals eine romantische Skizze aus den zwanziger Jahren, später
für die Bühne umgearbeitet. *Holtei*, ich selbst, hatten das Stück in
mehreren Wiener Kreisen mit Erfolg vorgelesen; *Zedlitz, Raupach,
Tieck,* sogar *Grillparzer* erkannten der Arbeit weit mehr literarischen
Werth zu als den früheren Versuchen des Verfassers, obgleich der
theaterkundige Grillparzer einen eigentlichen Erfolg auf den Bret-

tern bezweifelte und auf's Höchste einen Succès d'estime in Aussicht stellte. –

Deinhardstein (damals Vice-Director des Hofburgtheaters) vermochte die Annahme des Stückes bei dem obersten Kämmerer Grafen *Czernin* nicht durchzusetzen. Derlei »Zauberstücke« gehörten in's Leopoldstädter-Theater, hieß es. – Der junge und etwas heißblütige Autor, durch Freunde aufgereizt, die es ihm besser meinten als sie ihm riethen, nahm nun eigens eine Audienz bei *Kaiser Franz*, um die Bewilligung zur Aufführung seines Märchens auf der Hofbühne zu erwirken – natürlich ein vergeblicher Schritt! –

Holtei, damals, nebst seiner zweiten Frau (einer gebornen *Holzbecher*), eine der Hauptstützen des Josephstädter-Theaters, veranlaßte mich nun, mein Kindlein den allerdings nicht ausreichenden Kräften dieser Bühne anzuvertrauen. Es war zur Zeit meiner Fehde mit *Saphir*. Seine Anhänger oder meine Gegner hatten das halbe Parterre angefüllt, doch fehlten auch meine Freunde nicht – kurz, es war in jenen noch unpolitischen Tagen auf einen theatralischen Parteienkampf abgesehen, der zuletzt nicht ausblieb, und an welchem das Publicum mehr oder minder Antheil nahm. Um das Stück selbst kümmerte sich im Grunde Niemand. – Ich saß mit *Grillparzer* und *Zedlitz* in einer Loge bis zum Schluß des dritten Actes, wo die Sache noch erträglich ging – später überließen wir das Lustspiel seinem Schicksal und seinem unberechenbaren Publicum, welches zum Beispiel niemals versäumte, über das harmlose Wort »Seckel« in ein verwunderndes Lachen auszubrechen. – Das Stück fiel durch und wurde nur noch Einmal gebracht. *Saphir* schrieb eine boshafte Recension voll guter Witze, *Zedlitz* gab sich die undankbare Mühe, einen langen und ernsthaften Artikel *dagegen* zu schreiben, der dem »Humorist« nur die Veranlassung zu neuen Witzen bot. –

Ich selbst hatte neuerdings die Ueberzeugung gewonnen, daß sich das deutsche Publicum das *phantastische* Element auf der Bühne nun und nimmer gefallen lasse, es sei denn etwa in der Form der Parodie.

Über tredition

Eigenes Buch veröffentlichen

tredition wurde 2006 in Hamburg gegründet und hat seither mehrere tausend Buchtitel veröffentlicht. Autoren veröffentlichen in wenigen leichten Schritten gedruckte Bücher, e-Books und audio-Books. tredition hat das Ziel, die beste und fairste Veröffentlichungsmöglichkeit für Autoren zu bieten.

tredition wurde mit der Erkenntnis gegründet, dass nur etwa jedes 200. bei Verlagen eingereichte Manuskript veröffentlicht wird. Dabei hat jedes Buch seinen Markt, also seine Leser. tredition sorgt dafür, dass für jedes Buch die Leserschaft auch erreicht wird.

Im einzigartigen Literatur-Netzwerk von tredition bieten zahlreiche Literatur-Partner (das sind Lektoren, Übersetzer, Hörbuchsprecher und Illustratoren) ihre Dienstleistung an, um Manuskripte zu verbessern oder die Vielfalt zu erhöhen. Autoren vereinbaren direkt mit den Literatur-Partnern die Konditionen ihrer Zusammenarbeit und partizipieren gemeinsam am Erfolg des Buches.

Das gesamte Verlagsprogramm von tredition ist bei allen stationären Buchhandlungen und Online-Buchhändlern wie z. B. Amazon erhältlich. e-Books stehen bei den führenden Online-Portalen (z. B. iBookstore von Apple oder Kindle von Amazon) zum Verkauf.

Einfach leicht ein Buch veröffentlichen: **www.tredition.de**

Eigene Buchreihe oder eigenen Verlag gründen

Seit 2009 bietet tredition sein Verlagskonzept auch als sogenanntes "White-Label" an. Das bedeutet, dass andere Unternehmen, Institutionen und Personen risikofrei und unkompliziert selbst zum Herausgeber von Büchern und Buchreihen unter eigener Marke werden können. tredition übernimmt dabei das komplette Herstellungs- und Distributionsrisiko.

Zahlreiche Zeitschriften-, Zeitungs- und Buchverlage, Universitäten, Forschungseinrichtungen u.v.m. nutzen diese Dienstleistung von tredition, um unter eigener Marke ohne Risiko Bücher zu verlegen.

Alle Informationen im Internet: **www.tredition.de/fuer-verlage**

tredition wurde mit mehreren Innovationspreisen ausgezeichnet, u. a. mit dem Webfuture Award und dem Innovationspreis der Buch Digitale.

tredition ist Mitglied im Börsenverein des Deutschen Buchhandels.

Dieses Werk elektronisch lesen

Dieses Werk ist Teil der Gutenberg-DE Edition DVD. Diese enthält das komplette Archiv des Projekt Gutenberg-DE. Die DVD ist im Internet erhältlich auf **http://gutenbergshop.abc.de**